D1728353

Irmgard Keun Kind aller Länder

Irmgard Keun

Kind aller Länder

Roman

Büchergilde Gutenberg

Einbandgestaltung Hannes Jähn, Köln
Schrift 10 Punkt Times (Monophoto)
Papier 90 g/qm Daunendruckpapier der Papierfabrik Scheufelen
Oberlenningen
Satz Tutte Druckerei GmbH, Salzweg-Passau
Druck W. Kohlhammer Druckerei GmbH & Co., Stuttgart
Bindung Großbuchbinderei Monheim GmbH, Monheim
Printed in Germany 1982 ISBN 3 7632 2673 7

In den Hotels bin ich auch nicht gern gesehen, aber das ist nicht die Schuld von meiner Ungezogenheit, sondern die Schuld von meinem Vater, von dem jeder sagt: dieser Mann hätte nie heiraten dürfen.

Zuerst werde ich in den Hotels immer behandelt wie das Lieblingshündchen von einer reichen Dame. Die Zimmermädchen machen mir spitze Lippen und geben küssende Laute von sich. Die Portiers schenken mir Briefmarken, die ich sammle, weil ich sie vielleicht später verkaufen kann. Der Mann im Lift läßt mich den Lift bis zu unserer Etage steuern und legt nur manchmal dabei leicht Hand an mich. Und die Kellner wedeln mich freundlich mit ihren Servietten an. Das hat aber alles ein Ende, wenn mein Vater fortfährt, um Geld aufzutreiben und meine Mutter und ich allein zurückbleiben müssen, ohne daß bezahlt worden ist. Wir bleiben als Pfand zurück, und mein Vater sagt: wir hätten einen höheren Versatzwert als Diamanten und Pelze.

Die Kellner im Hotel-Restaurant wedeln nicht mehr freundlich mit den Servietten, sie peitschen damit unseren Tisch. Meine Mutter sagt, das diene nur der Reinigung, aber es sieht aus, als schlagen sie nach uns wie nach Katzen, die einen Braten stehlen wollen.

Wir wagen auch kaum noch, ins Restaurant zu gehen, meine Mutter und ich. Doch bleibt uns nichts anderes übrig, wenn wir nicht verhungern wollen. Denn wir haben keinen Franc mehr und können uns keinen billigen Käse kaufen, keinen Apfel und kein Brot, um heimlich im Zimmer zu essen. Alles Geld hat mein Vater mitgenommen auf die Reise nach Prag.

»Eßt und trinkt, ihr habt hier Kredit, macht euch gar keine Gedanken – ich habe vorgesorgt«, hat er gesagt vor seiner Abreise auf dem Bahnsteig in Brüssel.

Wir hatten dünne Mäntel an, weil wir keine dickeren haben. Wir haben gefroren, und meinen Vater haben wir sorgenvoll geküßt. Sein blondes Haar wehte lachend und winkend aus dem Fenster, als der Zug endlich fuhr. Meine Mutter weinte.

5

Im Hotel-Restaurant wagte meine Mutter nicht, was Billiges zu bestellen, weil Kellner das nicht leiden können, und wir können es uns nicht leisten, die Menschen hier noch mehr zu verärgern. Mit dem Lift fahren wir auch nicht mehr, weil wir kein Trinkgeld geben können, und an den Portiers fliehen wir immer mit einem Ruck vorbei. Wir geben auch unsere Zimmerschlüssel nicht mehr ab, weil wir keine Sekunde stehenbleiben wollen beim Portier, denn er schenkt mir keine Briefmarken mehr. Meine Mutter findet, daß sein Gesicht kein Menschengesicht ist, sondern eine strenge Rechnung.

Seit acht Tagen ist mein Vater fort, wir wissen seine Adresse nicht, er hat noch nicht geschrieben. Nun kam vor drei Tagen aus Budapest ein Paket für mich von ihm, weil ich Geburtstag hatte. Ich bin zehn Jahre alt geworden. Vielleicht hat mein Vater mir eine Puppe geschickt oder ein gesticktes Kleid, wir wissen es nicht, weil das Paket Zoll kostet, den konnten wir nicht bezahlen. Meine Mutter wollte den Portier nicht um das Geld bitten, sie kann so was nicht. Mein Vater kann es. Er hat sogar mal von einem Briefträger hundert Francs geliehen bekommen. Es ist schrecklich, ein Paket zu bekommen und es nicht aufmachen zu dürfen, um zu sehen, was drin ist. Mir gehört das Paket, aber ich kann nicht ran. Denn es hält sich noch einige Zeit in Belgien auf, vielleicht bekomme ich's später.

Mein Vater treibt ja immer wieder Geld auf. Er kommt auch immer wieder zurück. Ich glaube nicht, daß er uns vollkommen vergißt.

Damals in Ostende hat er mich ja auch nicht vollkommen vergessen, nur beinahe.

Wir waren im Sommer 1936 in Ostende, ich habe viele schöne Muscheln gesucht, Seesterne und kleine Taschenkrebse, von denen ich mir ein Aquarium angelegt habe. Das durfte ich aber nicht mit nach Brüssel nehmen, weil ich schon ständig mit einer sehr großen Puppenküche und einem kleineren Kaufmannsladen reise und mit zwei Schildkröten.

Ich hatte in Ostende zuerst keine Kinder zum Spielen, weil ich sie ja nicht verstehen konnte, denn sie sprechen Französisch. Ich aber konnte nur Deutsch und davon hauptsächlich Kölsch.

Wir sind aus Deutschland fortgefahren, weil mein Vater es nicht mehr ausgehalten hat, denn er schreibt Bücher und für Zeitungen. Wir sind in die allgemeine Freiheit gewandert. Nach Deutschland gehen wir nie mehr zurück. Das brauchen wir auch nicht, denn die Welt ist sehr groß.

Mein Vater bekommt hauptsächlich Geld für seine Bücher aus Holland, aber das hat wenig Sinn, weil das Geld von ihm schon ausgegeben ist, bevor es ankommt. Darum sagt mein Vater, es müssen andere Verbindungen und Quellen gesucht werden.

Meine Mutter und ich sind meinem Vater eine Last, aber da er uns nun mal hat, will er uns auch behalten.

»Meine dicke kleine Goldammer«, sagt er immer zu meiner Mutter, denn sie hat goldene fedrige Haare, eine runde weiche Brust wie so ein Vogel und ängstliche Augen, und immer sieht sie aus, als wollte sie gleich fortfliegen. Sie sitzt auch nie richtig breit und fest wie ein Mensch, sondern wie ein Vogel auf einem Zweig.

Ich sehe meiner Mutter sehr ähnlich, sie hat nur viel blauere Augen als ich und dickere Beine und ist auch sonst viel dicker. Ihre Haare sind sauber gekämmt und hinten am Kopf sanft zusammengeknotet. Meine Haare sind kurz und immer wüst. Meine Mutter ist viel schöner als ich, aber ich weine weniger.

In Ostende gibt es einen feinen Badestrand, dazu noch einen billigen kleinen für ärmere Leute. Auf keinen Fall hat man das Meer umsonst, höchstens ansehen darf man es wie die Wolken am Himmel. Ich würde furchtbar gern mal in einer Wolke liegen, aber das kann man erst, wenn man tot ist. In das Meer kann man lebendig, aber nicht ohne Geld. In Ostende war es so. Man darf wohl umsonst reingehen, aber nur mit Kleidern und nur so weit, wie man die Kleider hochheben kann. Davon hat man natürlich nichts, weil man ein Kleid nicht sehr weit hochheben darf, das ist unanständig. Weil wir auf anständige Art nackt und bis zum Hals und nur mit etwas Badeanzug ins Wasser wollten, bereiteten wir meinem Vater Unkosten. Er findet baden ungesund. Er saß lieber in einem Café am Strand, wo er etwas Braunes trank, das häßlich schmeckte und eigentlich in Belgien nicht getrunken werden darf.

Mein Vater hat auch gesagt, ihm gefalle Brüssel nicht wegen der unvollkommenen Getränke. Dabei gibt es hier so wunderbare Sachen, wie ich sie noch nie erlebt habe. Süße Säfte aus Ananas und Weintrauben und Pampelmusen. Mein Vater schreibt für unseren Lebensunterhalt. In Ostende hat er ein neues Buch geschrieben, das aber nicht fertig geworden ist, weil wir soviel Sorgen hatten.

Wenn meine Mutter und ich meinen Vater mittags abholten, sahen seine Augen manchmal aus, als seien sie weit ins Meer geschwommen und noch nicht wieder zurück. Meine Mutter und ich können sehr gut schwimmen, aber die Augen von meinem Vater schwimmen noch viel weiter. Er hat uns auch oft fortgeschickt, weil er nicht essen wollte. Ein regelmäßiges Leben stört seine Arbeit und ekelt ihn an. Wir essen immer nur einmal am Tag, weil das billiger ist und vollkommen genügt. Ich habe sowieso immer Hunger, auch wenn ich siebenmal am Tag esse.

Wir fahren nur einmal an den feinen Strand, da zieht man sich aus in einem Schloß, wo der Fußboden und die Wände aus blanken Edelsteinen sind und kleine Springbrunnen blühen wie springende Blumen. Der feine Strand ist aber genauso dreckig wie der arme, man findet auch nicht mehr Muscheln da. Meine Mutter lag jeden Morgen am armen Strand in der Sonne und in fortgeworfenen Orangenschalen. Ihre Haut wurde wie brauner Samt.

Manchmal surrten Flugzeuge über uns, so ganz nah und schwer. Ich habe mir gewünscht, daß mal eins runterfallen würde, und hatte doch Angst davor. Gott sei Dank ist es auch nie geschehen. Große Schiffe sind aus dem Hafen geschwommen nach England. Ich habe oft nach ihnen gewinkt. Am besten gefielen mir die weißen Segelboote, denn sie sahen aus, wie das kleine Gespann aus Schmetterlingsflügeln, das meine Großmutter hat. Es steht auf ihrem Nähkasten und wird von einem kleinen blauen Prinzen gelenkt.

Manchmal hatte ich Angst, daß meine Mutter totgetreten würde, denn der kleine Strand war so voll von Bällen und Menschen und Hunden, die hin und her rasten. Meine Mutter ist auch einmal von einer Welle umgeschleudert worden, ich nie.

Ich habe im Wasser gespielt und die Wellen angefaßt. Zuerst sind sie immer ein kalter Schreck, doch dann machen sie mich wärmer als die Sonne.

Einmal habe ich eine hellblaue Qualle entzweigetreten, weil sie schillerte und weil ich sie kaputtmachen wollte, und weil ich wollte, daß auf einmal viele Quallen dasein sollten.

Dann habe ich ins Meer gespuckt, ich habe meine Spucke schwimmen sehen, ich habe mich geschämt und gedacht, ich hätte das Meer schmutzig gemacht. Aber eine Welle hat meine Spucke überschwemmt, auf einmal war sie fort.

Von einem ganz alten grünen Badekarren habe ich ein Rad abgeschraubt, um damit Wellenreiter zu spielen und Rhönrad. Das Rad war vorher schon fast abgefallen. Drei Kinder haben mir geholfen. Bei dieser gemeinsamen Arbeit habe ich auf einmal Französisch gelernt, wir haben gemeinsam aufgeregte Laute ausgestoßen. Ich war zu aufgeregt, mich vor den Kindern zu genieren, plötzlich konnte ich sprechen wie sie. »Ça va«, haben sie gesagt – »ça va, ça va«, habe ich gerufen. Ich weiß jetzt so viel französische Worte, daß ich sie gar nicht zählen kann. Ich weiß nicht bei allen, was sie bedeuten, aber das macht ja nichts.

Belgische Kinder spielen auch. Wir haben das Rad in den Sand gepflanzt und Muscheln hineingelegt und Seepflanzen und gesungen: »Allez, allez au bon marché.«

Viele Kinder kamen und kauften Muscheln und bezahlten mit Muscheln. Und die dicken Pferde, die die Badekarren ziehen, sind um uns herumgetrottet. Sie haben uns nichts kaputtgetreten.

Später war Krach, weil mein Vater das Rad bezahlen mußte, denn stürmische Wellen hatten es fortgeschwemmt. Mein Vater war furchtbar streng. Er sagte, die ganze Familie würde durch mich untergehen, und ich müßte doppelt und dreifach artig sein, um mich in ein fremdes Land gut einzuführen. Ich weiß aber, daß man sich als Kind viel besser in ein fremdes Land einführt, wenn man nicht so furchtbar artig ist. Das können die Erwachsenen natürlich nicht wissen, weil sie ja nicht mit fremdländischen Kindern spielen.

Ich habe geweint über das Rad und wurde von meinem Vater getröstet und ins ›Renommé‹ mitgenommen.

Das ›Renommé‹ ist ein wunderbares Restaurant und so furchtbar teuer, daß immer mehr Kellner als Gäste da sind. Und die Gäste sind auch fast nie so fein angezogen wie die Kellner. Die Wände sind aus Spiegeln, und die Tischtücher sind so starr und weiß, daß ich Angst hatte, sie könnten schmutzig werden, wenn ich auf sie heruntersehe. Viele Gläser und Blumen stehen auf den Tischen, Servietten sind zu Türmen gebaut. Ich habe lieber Tische, auf denen man Platz zum Essen hat. Mein Vater wollte aber besonderen Kaviar essen, eine besondere Flasche Champagner trinken, weil ihm schlecht war, darum mußten wir in das wunderbare Restaurant.

Meinem Vater war schlecht, weil er mehrere Tage überhaupt nichts gegessen hatte wegen Geldsorgen und weil er umsonst nach fremden Städten telefoniert hatte.

Am Morgen hatte mein Vater gesagt: »Jetzt ist es aus,

jetzt ist keine Hoffnung mehr.« Er hatte sich noch hundert Francs vom Portier geliehen, mit dem er befreundet ist, damit konnte er seine Schulden im Café am Place d'armes, wo er nachmittags immer arbeitet, bezahlen. Mittags mußte er sich noch mal Geld vom Portier leihen für mein fortgeschwommenes Badekarrenrad.

Dann kam mein Vater auf einmal in das Hotelzimmer, wo ich weinte und meine Mutter stöhnte, und sagte zu meiner Mutter: »Also, es geschehen noch Wunder, das kann jetzt die Rettung sein – eben bin ich angerufen worden von Tulpe, du kennst ihn nicht, ich kenne ihn auch nicht, habe ihn nur einmal flüchtig in Berlin gesehen. Er liest meine Bücher, hat gehört, daß ich hier bin, rief an. Er reist mit Trikotagen, glaube ich, hat bestimmt ein Bankkonto, ein tüchtiger Mensch. Mit zweitausend Francs sind wir aus allem raus, ich kann ihm die Rechte an der polnischen Übersetzung abtreten, das Geld muß in den nächsten Wochen reinkommen. Wenn ich dann dem Verlag in Amsterdam wenigstens mal hundert Seiten schicke – wann kannst du sie mir abtippen –, bekommen wir ja auch gleich dreihundert Gulden. Um sechs Uhr treffe ich den Mann, ich rufe dich um acht im Hotel an – mir ist so übel, mir ist alles so ekelhaft, der Mann ist bestimmt schwierig. Ich muß gehen, um mich vorzubereiten, um Kraft zu haben und in guter Verfassung zu sein, gib mir einen Kuß – nein, laß lieber, also um acht –, warum weint das Kind denn? Ich nehme es mit.«

Ich habe Walderdbeeren essen dürfen im ›Renommé‹ mit Schlagsahne und echten Kaffee trinken mit nur ganz wenig Milch drin wie ein Erwachsener. Mein Vater hat Kaviar gegessen, den mag ich nicht, weil er nach Fisch schmeckt, und zwei Flaschen Champagner getrunken. Danach war ihm besser. Er bekam Kraft und ging fort. »Warte hier auf mich«, sagte er zu mir, »ich hole eben Geld, um zu bezahlen – in einer Stunde bin ich wieder da, der Kellner soll dir noch ein Eis bringen, oder möchtest du lieber eine Torte?«

Ich habe Eis gegessen und gewartet, mein Vater ist nicht

gekommen. Ich habe mich furchtbar gelangweilt, aus Wut noch eine Torte gegessen und weiter gewartet. Einmal hat sich eine Katze neben mich gesetzt, sie war grau; ich habe sie gestreichelt. Ich war ganz allein im Restaurant, nur einmal hat der Kellner den Tisch abgefegt. Ich habe nachgedacht, wieviel in diesem Restaurant alles gekostet hat und ob es mit einem ungezogenen Kind zu bezahlen wäre.

Der Himmel wurde rot. Meine Mutter sagt dann immer: die Engel lachen.

Ich mochte aber gar nicht lachen, und meine Mutter konnte mich nicht finden. Sie wußte nicht, wo ich war. Sie war mit der Frau Fiedler verabredet in dem großen Café Wellington.

Wir kennen die Frau Fiedler, weil ihr Mann auch ein Dichter ist, der auch kein Geld hat.

Ich kann den Herrn Fiedler nicht leiden, denn er hat einmal in dem Café am Place d'armes zu meinen Eltern gesagt: »Gott sei Dank, daß wir keine Kinder haben.« Vielleicht will er, daß meine Eltern mich einfach fortschmeißen sollen. Das ist gemein. Er schenkt mir oft eine Waffeltüte mit Eis drin. Immer will er mir über den Kopf streichen. Das Eis esse ich, aber wenn er über meinen Kopf streichen will, schiebe ich ihn fort.

Ich wußte gar nicht mehr, was ich tun sollte. Wie lange muß ein Kind stillsitzen, damit eine Rechnung bezahlt ist? Ich habe auf einem grünen Sofa gesessen, der Stoff war hart und ribblig. Mein Vater kam nicht, ich würde vielleicht ganz allein nachts auf diesem Sofa schlafen müssen. Damit hätte ich dann alle unsere Schulden bezahlt und könnte am Morgen fortgehen. Wir wären gerettet.

Licht wurde angezündet, es regnete auf einmal Licht. Die Kellner bauten mitten im Lokal eine Weihnachtstafel auf. Tausend Kästen aus hellem Holz wurden aufgestellt mit Pfirsichen, Weintrauben und Äpfeln, und tausend Schüsseln mit braunen und grünen und weißen Saucen, in denen was rumschwimmt, wurden hingestellt. Außerdem zu Quallen gewordene Hühnerbeine und sehr viel Ekliges für

Erwachsene, Schinken und furchtbar lange Würste, Erbsen und Blumen.

Ich bin aufgestanden von meinem Platz, bin um die Weihnachtsbescherung herumgegangen, immer den Kellnern im Wege. Ich habe mir eine Mirabelle ausgesucht, die ich gern gehabt hätte. Aber ich habe sie nicht angefaßt, ich weiß ja, daß alles Geld kostet. Nur bei meiner Großmutter konnte man alles umsonst haben, aber die ist ja so weit fort.

Eine Frau kam, die war bunt und glitzerte und lachte. Ein schwarzer ernster Mann umringte sie, drei feine Kellner stürzten mit geknicktem Rücken an sie heran, sperrten sie auf einem Sofa ein. Der Tisch wird abgerückt – die Leute krauchen hinter ihn und setzen sich. Kellner rücken den Tisch wieder so, daß die Leute nicht rauskönnen: die Leute sind gefangen.

Es sind noch mehr Gäste gekommen. Ich durfte nicht mehr zusehen und auch nicht auf dem Sofa schlafen.

Kellner führten mich zur Garderobe. Sie sprachen mit mir, aber ich habe sie nicht verstanden. Einer konnte Deutsch, das verstand ich nicht. Ich konnte Französisch, aber das verstanden die nicht. Es waren ja keine Kinder. Ich habe nur verstanden: »Papa.« Da habe ich auch gesagt: »Papa.« Und dann haben wir zusammen ›Papa‹ gesagt.

Man hat mich an einen kleinen Tisch gesetzt, hinter mir klirrten die Kellner mit Messern und Gabeln, neben mir saß eine schwarze Frau an der Kasse und drehte an ihr. Ich war so müde, daß ich nicht wußte, ob ich schlafen wollte oder weinen. Dann hat ein Kellner mir einen Apfel geschenkt. Ich hätte lieber die Mirabelle gehabt, weil sie weich ist und nicht so anstrengend zu essen. Als ich den Apfel aß, mußte ich auf einmal weinen und einschlafen. Ich habe gar nicht gemerkt, daß man mich in die Garderobe getragen hat. Ein Wunder, daß mein Vater mich gefunden hat, wo er doch keinen Hut und keinen Mantel abgegeben hatte, also auch keine Garderobennummer besaß.

Auf einmal war mein Vater da, hat mich geküßt und gefragt: »Hast du denn gedacht, dein Vater würde dich vergessen?«

Ich habe gesagt: »Ja.«

»Verstehen Sie, daß man für so was lebt, Herr Tulpe?«, fragte mein Vater. Ein schwarzer kleiner Mann bohrte mir Finger ins Haar, was ich nicht leiden kann. Es war noch ein anderer Mann da, der sagte: »Schlafende Kinder darf man nicht stören.«

»Aber es ist doch erst neun Uhr«, sagte mein Vater und bezahlte die Rechnung, damit ich zu meiner Mutter konnte. Als wir gingen, sagte ein Kellner zu mir: »Au revoir mademoiselle.«

Wir sind ins Café am Place d'armes gegangen, wo ich an dem Wunderautomaten zehn Francs verspielen durfte. Aber ich hatte nichts davon, weil ich nicht selbst drehen durfte, mein Vater hat immer gedreht, dabei kommt es doch auf's Drehen an. So ein Automat ist das Herrlichste von der Welt. Tausend Geschenke liegen hinter Glas in kleinen grünen Bonbons vergraben. Über ihnen schwebt ein Kran mit einer Greifzange. Man muß einen Franc in den Automaten stecken, damit der Kran sich bewegt und mit seiner Greifzange die Geschenke herausholt, die fast nie gefaßt werden, weil sie zu tief sitzen. Die Greifzange hat auch kaum Kraft, ich bin oft wütend. Man muß an einem Knopf drehen, damit der Hebekran verschoben wird und durch seine Greifzange herausholen kann, was man will.

Um zehn Uhr kam meine Mutter. Sie weinte, weil ich ihr verlorengegangen war und weil mein Vater sie nicht angerufen hatte. Sie sagte, seine Lieblosigkeit grenze an Roheit. Sie wolle auch nicht am Automaten spielen, sondern mich sofort nach Haus bringen ins Bett.

Mein Vater zwängte uns in ein Taxi. Wir hätten gut zu Fuß gehen und das Geld sparen können.

Der Chauffeur durfte noch nicht losfahren, denn mein Vater stand noch draußen. Er hielt die Hand von meiner

Mutter fest, die im dunklen Auto neben mir saß. Die Musik auf dem Place d'armes spielte laut, ein kleiner Junge fuhr mit seinem Roller immer um den Musikpavillon rum; auf der Bordschwelle saßen auch noch viele Kinder, die kleiner waren als ich. Sie mußten noch nicht ins Bett. Mein Vater sagte zu meiner Mutter: »Ich erzähle dir alles später, etwas Geld habe ich, frag jetzt nicht, es war furchtbar. Diesem Tulpe geht es entsetzlich schlecht, ein reizender Mensch übrigens, du wirst ihn noch kennenlernen. Er wollte Geld von mir, etwas konnte ich ihm Gott sei Dank geben. Das war seine Rettung. Ihm fiel nämlich ein, daß er Max Popp kannte, der in Brüssel lebt und Ende der Woche manchmal in Ostende ist. Meistens sitzt er dann blödsinnigerweise auf dieser Landungsbrücke bei eurem Badestrand, um würzige Meeresluft einzuatmen. Sonst ist er kein übler Mensch.

Gott sei Dank haben wir Popp auf der Landungsbrücke gefunden. Früher hatte er eine Kalenderfabrik in Thüringen, jetzt lebt er in Brüssel. Er sieht nur im ersten Augenblick so abschreckend aus. Er ist auch nicht gewohnt zu trinken. Den rötlichen Ausschlag hat er beim Friseur bekommen. Er geniert sich darum etwas, dir vorgestellt zu werden. Er hat eine wunderschöne Freundin, ganz zart, mit einem wunderschönen Gesicht – au, warum ziehst zu denn deine Hand so schnell fort, daß du mich dabei kratzt? Ich möchte der Frau morgen, bevor sie fortfährt, eine nette Kleinigkeit schenken, ich weiß noch nicht was – denk doch mal nach, Annchen, vielleicht fällt dir was ein. Ich diktiere Popp gerade ein paar von meinen Reklameideen – wenn da was klappt, haben wir mit einem Schlag wirklich mal eine größere Summe. Popp steht nämlich mit Brüsseler und Pariser Warenhäusern in Verbindung und bietet ihnen Reklameideen an.

Er wohnt in einem ganz kleinen schäbigen Hotel, natürlich hat er Geld. Nur reiche Leute leben so sparsam. Tulpe hielt es nicht für möglich, daß er mir Geld leihen würde. Erlaß mir jetzt, Einzelheiten zu erzählen, Annchen, ich muß wieder ins Café. Und um elf Uhr treffe ich Monsieur

Corbet, unseren braven Portier. Ein süßer Mensch, ein wirklicher Herr, er trinkt auch gern. Ich habe ihn eingeladen ins italienische Restaurant zu einer guten Flasche Wein. Ich glaube, Popp und Tulpe kann man nicht mit ihm bekannt machen.«

Meine Mutter wollte, daß der Chauffeur endlich fahren sollte, denn es kostet sehr viel, wenn Frauen in einem Auto sitzen. Noch viel mehr, als wenn Männer drinsitzen. Meine Mutter ärgert sich immer über die Unkosten, wenn mein Vater einen männlichen Freund im Taxi nach Haus bringt, und schimpft ein bißchen. Aber wenn mein Vater eine Frau nach Haus bringt im Taxi, dann sagt meine Mutter gar nichts. Dabei ärgert sie sich noch viel mehr.

Wir fuhren langsam durch die Rue de la chapelle zum Hafen, wo wir in einem schönen Hotel wohnten – nicht in so einem kleinen häßlichen wie der Herr Popp.

Meine Mutter hätte lieber am Strand gewohnt in einer kleinen Pension, aber mein Vater will immer ein richtiges Hotel, wo er nicht essen braucht und wo Portiers sind, die ihm Briefe schreiben und befördern, obwohl meine Mutter ja immer für ihn tippen will. Darum haben wir auch eine eigene Schreibmaschine, die sehr teuer war und nur einmal kaputtgegangen ist, als ich heimlich auf ihr geübt hatte.

Mein Vater will aber fast nie, daß meine Mutter für ihn schreibt. Er hat zu meiner Mutter gesagt: »Wenn man mit einer Frau lebt, soll man sie nicht für sich arbeiten lassen. Sie glaubt ja doch immer, sie bringe ein Opfer. Dann darf man nicht nervös werden, sich über Fehler ärgern oder auch nur sachlich sein, sondern muß dankbar und gerührt tun, dazu habe ich keine Lust. Es ist mir schon lästig, wenn du mir einen Knopf annähst, Ännchen, lieber lasse ich das vom Zimmermädchen machen. Die macht es besser und freut sich über ein Trinkgeld, und man kann sogar freundlich sein und danke sagen, ohne daß sie über sich selbst gerührt wird, einem um den Hals fällt oder weint: wenn ich doch mehr für dich tun könnte.«

»Du bist ungerecht«, sagte meine Mutter.

»Vielleicht«, sagte mein Vater, »aber ich mag keine treusorgenden Frauenhände.«

Wir saßen in einem kleinen Café am Hafen, als meine Eltern so sprachen. Frauen fuhren Karren mit Crevetten und mit platten glatten Fischen vorbei, die stanken und bluteten blaß. Neben uns waren Fische aufgehängt wie Wäsche zum Trocknen. Fischer gingen über die Straße. Sie hatten rötlich gelbe Jacken an – so eine Farbe hat das Haus meiner Großmutter in Köln.

Neben uns war auch ein kleines Lokal und danach wieder eins. Viele kleine Lokale waren aneinandergereiht: vor ihnen standen kleine Tische für die Gäste und kleine Stände, auf denen Berge von Meerestieren lagen.

Gegenüber, aber nicht ganz nah, war der schwarze Bahnhof. Ein Wind wehte uns den Geruch von Lokomotiven zu. Die aufgehängten Fische bewegten sich, der Himmel zitterte etwas und war sehr blau. Ich fror am Kopf, denn mein Haar war noch feucht vom Baden, auch das Haar von meiner Mutter war noch naß.

Meine Mutter sah aus, als habe sie lange im Regen gesessen. Ihre traurigen Augen waren starr. Sie hob langsam die Hand hoch und wollte die Luft anfassen, doch die Hand fiel ihr wieder schwer in den Schoß.

Ich habe Sprudelwasser getrunken, das in der Nase so kitzelt, und meine Mutter angestoßen, aber sie hat es nicht bemerkt.

Sie hatte fünf Langustinen bestellt. Nun aß sie nicht. Mein Vater hat eine rosa Langustine in die Hand genommen, langsam ein schwarzes Knopfauge aus ihr herausgezogen, ohne dabei zu sprechen. Mir war das sehr eklig.

»Hast du mich denn nicht mehr lieb?« hat meine Mutter gefragt. Da hat mein Vater auch das andere Auge aus der Langustine gezogen, und ich bin fortgelaufen, weil ein ganz kleines weißes Hündchen auf der Straße herumsprang. Ich wollte es streicheln, mit ihm spielen, es vor allem retten vor den großen Lastautos, die immer vorbeifahren.

Ich habe gewünscht, daß das Hündchen keinem Menschen gehören würde. Das war dumm. Alles Niedliche gehört jemand. Das Hündchen gehörte dem Zeitungsmann, der immer »l'Echo de Paris« ruft. Ich durfte später das Hündchen bei ihm besuchen.

Meine Eltern haben mich gerufen, weil sie fortgehen wollten. Mein Vater bezahlte auch die Langustinen, von denen noch einige auf dem Teller lagen.

Meine Mutter hat mich wild und fest an die Hand genommen und ist mit mir hastig gegangen auf dem holprigen Pflaster. Ganz langsam kam mein Vater hinterher – wir haben uns immer wieder umgedreht nach ihm, da ging er noch langsamer.

Mein Vater hat manchmal Liebe für uns, und manchmal hat er keine Liebe für uns. Da können wir gar nichts machen, meine Mutter und ich. Wenn er uns nicht liebhat, nützt es gar nichts. Wir dürfen dann nicht weinen bei ihm und nicht lachen, wir dürfen ihm nichts schenken, aber auch nichts fortnehmen. Alles, was wir unternehmen, macht nur, daß es länger dauert, bis er uns wieder liebhat. Denn er hat uns ja immer wieder lieb. Wir müssen nur still sein und warten, dann ist alles gut. Uns bleibt auch nichts anderes übrig.

Meine Mutter wartet mehr als ich, weil sie sowenig spielt und gar keine Freundinnen hat oder Freunde.

Jetzt sind wir in Brüssel und warten wieder auf meinen Vater. So ist unser Leben.

Es ist immer furchtbar schwer für uns, in eine andere Stadt zu reisen, wir sind auch beinah nicht nach Brüssel gekommen.

In Ostende waren fast gar keine Sommergäste mehr. Ich hatte einen englischen Freund, der war aber schon abgereist.

Wir konnten auch nicht mehr baden, das Meer war riesenhaft gewachsen. Die Wolken kamen vom Himmel herunter, und die Wellen vom Meer gingen hoch bis an die Wolken. Wenn meine Mutter und ich spazierengehen wollten auf dem Deich, dann ließ uns der Wind nicht vorankommen.

Der Chasseur von unserem Hotel ging in Ferien, und wir konnten von unserem Hotel-Restaurant aus umsonst aufs Klosett gehen, denn die Klosettfrau war auch fort. Die Marguerite ist zu einem Bräutigam gegangen, bei dem sie's warm hat. Sie hatte unsere Zimmer aufgeräumt, meinem Vater die Knöpfe angenäht und manchmal zu meiner Mutter gesagt: »Alle Frauen sind zu bedauern.« Wenn ich allein war und weinen mußte, hat sie sich manchmal zu mir gesetzt und geweint und an dem Tisch von meinem Vater Briefe an einen französischen Soldaten geschrieben. Sie hat gesagt, er wär' kein Soldat, sondern ein Offizier. Da habe ich meinen Vater gefragt, und der hat gemeint, das sei falsch. Ein Offizier sei auch ein Soldat.

Das habe ich Marguerite gesagt, und da war sie böse. Aber sonst war sie immer gut.

Sie ist aus dem Hotel gegangen, als keine Gäste mehr da waren, zu einem Bräutigam, der ein Café hat in Ostende, das nicht für Fremde ist. Sie hat uns noch mal im Hotel besucht, da war sie ganz anders. Sie trug kein weißes Häubchen mehr und kein schwarzes Kleid und keine weiße Schürze. Sie hatte lange fremde blonde Locken und einen großen schwarzen Hut. Und sie hatte eine bunte Seidenbluse angezogen – da sah man, daß sie darunter genau solche Kugeln hat wie meine Mutter. Meine Mutter sagt, das sei Brust. Ich möchte nicht, daß so was an mir wächst.

Ohne meine Kette wären wir gar nicht nach Brüssel gekommen. Meine Kette war so schön.

Mein Vater verliert oft Geld, Scheine nicht, aber die sind ja auch eigentlich kein richtiges Geld. Richtiges Geld muß rund und hart sein, und weil es so rund ist, rollt es fort. Die Belgier und die Franzosen haben das eingesehen, und darum haben sie mitten in ihre Centime-Stücke ein Loch gebohrt.

Meine Mutter wußte nicht, wozu dieses Loch war, aber ich habe es herausgefunden.

Ich bin jeden Tag im Zimmer von meinem Vater herumgekrochen und habe die Centime-Stücke gesammelt, einmal war ich festgequetscht unter dem Kleiderschrank. Gott sei Dank waren meine Füße noch zu sehen. Marguerite hat meine Füße genommen und mit aller Kraft dran gezogen, ich hatte später eine Beule am Kopf, aber ich war gerettet. Es gibt Leute, die im Meer nach Perlen tauchen, das ist sehr gefährlich, als Erwachsener werde ich das auch tun. Für ein Kind ist es schon gefährlich, in einem Zimmer nach Geld zu tauchen.

Alle Centime-Stücke habe ich auf einen dicken roten Seidenfaden gereiht. Ich hatte drei Armbänder und eine Kette, die hing mir bis zum Bauch. Ich klirrte, wenn ich ging, fühlte einen Druck auf meinen Schultern und war wie die alten Männer, die in den Museen hängen und Würdenträger heißen.

Eines Abends konnten wir in Ostende endlich die Hotelrechnung bezahlen. Zum Abschied haben uns Patronin und Patron geküßt.

Danach blieb uns gerade noch so viel Geld, um dritter Klasse bis nach Brüssel zu kommen. Das war auf jeden Fall schon ein Fortschritt.

Ein kalter Wind sauste über den Bahnsteig. Unser Gepäck lag schon im Abteil, meine Puppenküche war auch dabei und der große Karton mit den Muscheln, den Steinen und Seesternen. Um uns herum standen Hausdiener und Gepäckträger mit ungeduldigen Körperbewegungen. Die Hände von meinem Vater wühlten in seinen Manteltaschen. »Gib mir mal Kleingeld«, sagte er zu meiner Mutter. Meine Mutter sah verzweifelt zum Himmel, der rote Dahlienstrauß in ihrer Hand zitterte. Nirgends war ein Bekannter, alle Bekannten waren längst aus Ostende abgereist.

Der Schaffner fing schon an, Türen zu schließen, da strahlte mein Vater auf und riß mir meine Würdenkette ab, wir stiegen ein. Langsam bewegte sich der Zug. Mein Vater warf aus dem Fenster wie ein König den Gepäckträgern meine Kette zu.

Während wir fuhren, waren wir glücklich. Mein Vater lachte, küßte uns und sang ein köl'sches Lied, das im Karneval gesungen wird: »Et hätt noch immer, immer jutjejangen...«

Wir waren zuerst in Brüssel auch noch sehr glücklich. Unser Gepäck haben wir zu einem Taxi bringen lassen. Die Gepäckträger wurden vom Chauffeur bezahlt. Der bekam sein Geld dann vom Hotelportier. Danach haben wir die Kellner und die Zimmermädchen begrüßt, die wir von früher her kennen: alle haben sich gefreut.

Auf dem Zimmer ist dann leider etwas Trauriges passiert. Als meine Mutter mich ins Bett bringen wollte, wurde sie plötzlich blaß, mir wurde auch schlecht, weil es so furchtbar gerochen hat.

Und meine Mutter rief meinen Vater, der sagte: »Du hast recht, es riecht hier nach Leichen.«

Meine Mutter glaubte, im Zimmer sei jemand ermordet worden, und wagte nicht, die Schränke und Schubladen aufzumachen.

Mein Vater roch aufmerksam vor sich hin, dann nahm er meinen Pappkarton, in dem ich alle gesammelten Seltenheiten des Meeres verpackt hatte. Als er den Pappkarton öffnete, mußten wir uns sofort alle die Nase zuhalten.

Die Steine und Muscheln hätten von allein nicht so gerochen, aber ich hatte auch fortgeworfene Langusten und tote Riesenkrebse gesammelt.

Mein Vater war wütend, was konnte ich denn dafür, daß vollkommen stille tote Tiere in schönen bunten Schalen auf einmal anfangen, so furchtbar zu riechen. Ich kann das nicht verstehen. Vielleicht haben die Tiere noch gelebt und aus lauter Rache den Geruch verbreitet. Ich habe ganz fest geglaubt, daß sie tot sind, sonst hätte ich sie doch bestimmt nicht in den Karton gepackt. Mit meinen Schildkröten tue ich das ja auch nicht, ich weiß doch, wie man mit lebendigen Tieren umgeht.

Mein Vater hat mich gehaßt, ich war so unglücklich. Meine Mutter mußte eine ganze Flasche Fougère Royale auf den Karton schütten, mit dem mein Vater eilig die Treppe runterging in das dunkle Brüssel hinein, um den Karton irgendwo unauffällig hinzustellen.

Meine Mutter und ich setzten uns an das offene Fenster und warteten darauf, daß der Geruch aus dem Zimmer ging und daß mein Vater wiederkam.

Mein Vater kam sehr spät, weil er unterwegs einen Schutzmann getroffen hatte. Mit dem hat er sich angefreundet, der Schutzmann hat ihm geholfen, das Paket heimlich unter eine Parkbank zu schieben, danach waren sie ein Stout trinken gegangen.

Da mein Vater nicht bezahlen konnte, mußte er den Dichter Fiedler, der auch gerade in Brüssel lebt und auch kein Geld hat, anrufen. Und da ist Herr Fiedler gekommen zusammen mit einem Buchhändler, der meinen Vater verehrt und ihm siebzig Francs geliehen hat.

Meine Mutter und ich waren am Fenster traurig eingeschlafen, als mein Vater fröhlich zurückkam.

Über dem Place Rogier brach die Nacht auseinander. Durch den Nebel sahen wir die Blumen leuchten, die von den ersten Blumenfrauen aufgestellt wurden.

Wir sahen auch ein großes Bretterdach, das war bei unserer Ankunft noch nicht dagewesen. Arbeiter hatten die ganze Nacht gehämmert.

Feuchte kleine Perlen hingen in dem blonden Haar von meiner Mutter und machten es noch krauser.

Ich war müde, und meine Mutter auch.

Mein Vater stand hinter uns.

»Warum seid ihr denn noch auf?« fragte er.

»Bist du noch böse?« fragte ich. »Mama hat mir alles erklärt, ich wußte nicht, daß Tote so schrecklich riechen – ich will das nicht, ich will ewig leben.«

Mein Vater stand hinter uns. Er hielt mit seiner einen Hand mein Gesicht und mit der anderen Hand das Gesicht meiner Mutter.

»Wie ich euch liebe«, sagte er, »wie ich euch liebe.« Dann hat er mich ausgezogen und ins Bett gelegt. Meine Mutter hat er fortgeführt in sein Zimmer.

Dabei hätte sie viel besser in meinem Bett geschlafen, das war viel größer. Ich habe es ihnen nachgerufen, aber sie haben mich beide nicht mehr gehört.

»Kully«, sagte meine Mutter, »telefoniere runter zum Concierge, ob keine Post gekommen ist, und sage mir, was du von Barbarossa weißt, und laß das Frühstück noch mal aufs Zimmer kommen.

Meine Mutter steht vor dem Waschtisch und dreht langsam ihr Haar zu einem Knoten zusammen. Sie hat ein kurzes rosa Hemd an, sieht gar nicht erwachsen aus, sondern wie ein Kind, das gekommen ist, um mit mir zu spielen.

Ich liege noch im Bett. Es ist so schön und warm, und meine Mutter sagt: »Wer weiß, wie lange es noch so geht?«

Ich nehme mir den Telefonhörer ins Bett und telefoniere. Kein Brief von meinem Vater ist gekommen.

Ich bestelle ein Frühstück. Jeannette bringt es und lacht. Meine Mutter schenkt Jeannette ein seidenes Hemd, weil wir so lange kein Trinkgeld mehr geben konnten. Jeannette will es zuerst nicht nehmen, aber dann nimmt sie es doch. Meine Mutter macht das Fenster auf. Die Luft ist kalt und riecht nach Weihnachten. Schräg gegenüber hängt am Beau marché ein riesengroßer Nikolaus, der silbrig glitzert.

Meine Mutter will, daß ich das Frühstück allein esse. Wir bestellen immer nur ein Frühstück für uns beide zusammen, damit die Rechnung nicht noch höher wird. Sonst essen wir nichts den ganzen Tag. Wir wagen uns auch nicht mehr in das Restaurant.

Meine Mutter ist dünn geworden. Ich glaube, mein Vater muß kommen, damit sie wieder dick wird.

»Zieh dich an, Kully«, sagt meine Mutter, »und sage mir, was du von Barbarossa weißt.«

Meine Mutter sitzt am Fenster und merkt nicht, daß ich

mir den Hals nicht wasche. »Barbarossa war ein Kaiser mit einem langen Bart«, sagte ich. Ich muß nämlich so was lernen. Ich gehe in keine Schule, meine Mutter unterrichtet mich.

Früher in Deutschland war ich in der Schule, und seitdem kann ich lesen und schreiben. Dann wollte mein Vater nicht mehr in Deutschland sein, weil eine Regierung Freunde von ihm eingesperrt hat und weil er nicht mehr sprechen und schreiben durfte, was er wollte. Warum lernen denn dann die Kinder in Deutschland eigentlich noch sprechen und schreiben?

Als mein Vater fortwandern wollte, wollte meine Großmutter meine Mutter behalten. Aber meine Mutter wollte mit meinem Vater gehen. Da wollte meine Großmutter, daß ich bleibe, aber meine Eltern wollten mich mitnehmen, und ich wollte auch dorthin, wo meine Eltern hinwandern.

Einmal hat meine Mutter geweint und gesagt: »Das Kind muß doch was lernen, das Kind muß doch eine richtige Erziehung haben, was soll denn aus dem Kind werden?« Da sollte ich nach Paris geschafft werden in ein Kloster. Meine Mutter hat geweint, ich habe geschrien. Und mein Vater hat gesagt: »Nun seid mal ganz ruhig, Kinder. Hört mit dem Gebrüll auf, Kully, du bleibst bei uns.« Dann hat er zu meiner Mutter gesagt: »Also, ich bitte dich, Annchen, laß das Kind doch in Ruh. Es genügt vollkommen, wenn das Kind kann, was du kannst – und das kannst du ihm beibringen.«

Auf dem Weg zur Grande Place ist eine kleine Straße, die ganz angefüllt ist mit alten Büchern. Da hat meine Mutter zwei alte deutsche Schulbücher gefunden, daraus unterrichtet sie mich in Erdkunde und Geschichte. Ohne die Bücher kann sie das nicht, denn sie hat längst alles vergessen, was sie in der Schule gelernt hat, und viel hat sie nicht gelernt.

Meine Mutter ist jetzt nämlich dreißig Jahre alt. Als sie zur Schule kam, war Krieg. Da haben die Kinder hauptsächlich gelernt, bei Fliegergefahr in geschlossenem Zug in den Keller zu gehen und Feldpostpakete zu packen und für Kriegsopfer zu sammeln. Sonst hatten sie fast immer frei, weil ein Sieg war oder weil es keine Kohlen gab, oder weil alle Leute Grippe hatten.

Ich weiß auch nicht, warum ich so was vom Barbarossa lernen soll: Geld kann man damit ja doch später nicht verdienen.

Meine Mutter sagt selbst, wenn man mit dem, was man in der Schule lernt, Geld verdienen wolle, müsse man schon später Professor werden. Und dazu ist man entweder zu dumm, oder man stirbt vor Hunger, ehe man's ist.

Meine Mutter sagt auch, alles, was sie jetzt zum Leben brauchen könne, habe sie nicht in der Schule gelernt.

Meine Mutter kann sehr viel Wichtiges. Sie kann für meinen Vater selbst Zigaretten drehen, dann kosten sie nur die Hälfte. Sie kann aus Tischtüchern Tintenflecke entfernen, die mein Vater reingemacht hat, Koffer packen, daß dreimal soviel reingeht, als wenn mein Vater sie packt. Der kauft dann einfach einen neuen Koffer oder schenkt die Sachen fort, die nicht mehr reingehen. Dann kann sie unsere Wäsche selbst im Waschbecken waschen und mit dem kleinen Bügeleisen bügeln, ohne daß im Hotel jemand was merkt. Mein Vater darf es auch nicht merken, der will so was nicht. Aber er hat es gern, wenn sie für mich und sich Mützen und Pullover strickt und wir schön darin aussehen.

Meine Mutter kann noch viel mehr, aber ich kann viel schneller Crevetten abschälen.

Sonst sind meine Mutter und ich immer eine Stunde vor dem Mittagessen spazierengegangen, um Bewegung zu haben. Jetzt gehen wir nur noch spazieren, damit wir wenigstens frische Luft einatmen. Meine Mutter sagt, das sei fast so gesund wie Essen.

Jeden Tag gehen wir die Rue Neuve runter bis zur Grande Place, weil mein Vater den so gern mochte. Es ist auch sehr schön dort. Die großen Häuser strahlen in der Sonne wie Silber und Gold, und die Blumenstände haben die buntesten Blumen der Welt.

Meine Mutter will immer alle Blumen ansehen. Sie sagt, es sei viel schöner, so viele Blumen anzusehen, als ein paar von ihnen zu kaufen. Aber wenn wir Geld haben, kaufen wir doch welche, weil die Blumenfrauen uns immer so wild anrufen und zuwinken.

Meine Mutter geht traurig neben mir her. Sie hat Angst, daß ich Hunger habe, und sie hat Angst, daß meinem Vater was passiert ist. Wir können ihm nicht schreiben, wir können nicht telegrafieren und ihn nicht anrufen – wir wissen überhaupt keine Adresse von ihm.

Ich sage meiner Mutter: »Ich glaube nicht, daß ihm was passiert ist«, da atmet meine Mutter auf.

Aber sie weiß nicht, was aus uns werden soll. Während wir langsam gehen, unterrichtet sie mich nicht über Barbarossa, sondern spricht von unseren Gefahren.

Wir haben so viele Gefahren, das alles ist so schwer zu verstehen.

Vor allem muß ich lernen, was ein Visum ist. Wir haben einen deutschen Paß, den hat uns die Polizei in Frankfurt gegeben. Ein Paß ist ein kleines Heft mit Stempeln und der Beweis, daß man lebt. Wenn man den Paß verliert, ist man für die Welt gestorben. Man darf dann in kein Land mehr. Aus einem Land muß man raus, aber in das andere darf man nicht rein. Doch der liebe Gott hat gemacht, daß Menschen nur auf dem Land leben können. Jetzt bete ich jeden Abend heimlich, daß er macht, daß Menschen jahrelang im Wasser schwimmen können oder in die Luft fliegen.

Meine Mutter hat mir aus der Bibel vorgelesen. Da steht wohl drin, daß Gott die Welt schuf, aber Grenzen hat er nicht geschaffen.

Über eine Grenze kommt man nicht, wenn man keinen Paß hat und kein Visum. Ich wollte immer mal eine Grenze richtig sehen, aber ich glaube, das kann man nicht. Meine Mutter kann es mir auch nicht erklären. Sie sagt: »Eine Grenze ist das, was die Länder voneinander abtrennt.« Ich habe zuerst gedacht, Grenzen seien Gartenzäune, so hoch wie der Himmel. Aber das war dumm von mir, denn dann könnten ja keine Züge durchfahren. Eine Grenze ist auch keine Erde, denn sonst könnte man sich ja einfach mitten auf die Grenze setzen oder auf ihr herumlaufen, wenn man aus dem ersten Land raus muß und in das andere nicht rein darf. Dann würde man eben mitten auf der Grenze bleiben, sich eine Hütte bauen und da leben und den Ländern links und rechts die Zunge rausstrecken. Aber eine Grenze besteht aus gar nichts, worauf man treten kann. Sie ist etwas, das sich mitten im Zug abspielt mit Hilfe von Männern, die Beamte sind.

Wenn man ein Visum hat, lassen die Beamten einen im Zug sitzen, man darf weiterfahren. Weil unser Paß in Frankfurt ausgestellt ist, bekommen wir eigentlich ein Visum nur in Frankfurt. Frankfurt liegt aber in Deutschland, und nach Deutschland können wir nicht zurück, weil uns dann die Regierung einsperrt, denn mein Vater hat in französischen und anderen Zeitungen und sogar in einem Buch geschrieben, daß er die Regierung nicht leiden kann. Ein Visum ist ein Stempel, der in den Paß gestempelt wird. Man muß jedes Land, in das man will, vorher bitten, daß es stempelt. Dazu muß man auf ein Konsulat. Ein Konsulat ist ein Büro, in dem man lange warten und sehr still und artig sein muß. Ein Konsulat ist das Stück von einer Grenze mitten in einem fremden Land; der Konsul ist der König der Grenze.

Ein Visum ist auch etwas, das abläuft. Zuerst freuen wir uns immer schrecklich, wenn wir ein Visum bekommen haben und in ein anderes Land können. Aber dann fängt das Visum auch schon an, abzulaufen, jeden Tag läuft es ab – und auf einmal ist es ganz abgelaufen, und dann müssen wir aus dem Land wieder raus.

Ich muß das alles lernen. Meine Mutter weint manchmal darüber und sagt, früher sei alles leichter gewesen. Ich habe ja früher nicht gelebt, als alles so leicht war.

Ich habe auch keine Angst vor Polizei-Menschen in Uniform oder vor Beamten im Zug.

Als wir nach Polen fuhren, wollte mir zuerst ein Mann vom Zoll meine Puppenküche fortnehmen und meine beiden Schildkröten nicht durchlassen. Dann hat er mir mit seinem eignen Taschentuch die Nase geputzt.

Hier in Brüssel wollte mich der Verkehrsschutzmann an der Place Rogier verhaften, weil ich zu einer falschen Zeit an den Autos vorbeigelaufen bin und mir den Schutzmann angesehen habe, denn er stand so schön auf einem weißen Thron mitten im Gewühl. Abwechselnd flammen grüne und rote Lichter auf, ich sehe das gern.

Man darf nur über die Straße, wenn das grüne Licht leuchtet, aber das vergesse ich manchmal, weil mir das rote Licht besser gefällt.

Als ich mir den Schutzmann ansah, stockte der Verkehr und konnte nicht mehr gelenkt werden. Denn diese Autos wollten mich zufällig nicht überfahren, nur eins hätte es beinah getan, es konnte aber noch rechtzeitig von seinem Herrn zurückgehalten werden.

Autos sind viel gefährlicher als Löwen und müssen sehr streng beherrscht werden, weil sie immer Lust haben, auf Menschen loszurasen. Löwen tun das nur, wenn sie Hunger haben. Vor Löwen habe ich überhaupt keine Angst. Ich habe welche gesehen im Zoo und im Zirkus. Ich glaube, ich hätte nur etwas Angst, wenn ein hungriger Löwe auf mich zugerast käme. Aber ich würde vielleicht stehenbleiben und zu ihm sprechen, ihn streicheln. Das kann man bei einem Auto nicht, wenn es angerast kommt; darum laufe ich auch immer vor rasenden Autos fort. Denn so ein Auto will einen ja nur totmachen.

Als ich mitten im Verkehr stand und so eingefangen war von Straßenbahnen und feindlichen Autos, kam der schöne Schutzmann von seinem Thron runter und raste auf mich zu wie ein Löwe, tat so, als wenn er mich fressen wollte.

Fortlaufen konnte ich nicht.

Der Schutzmann packte meinen Arm. Sein Mund war wild und offen. Ich glaubte wirklich, er sei ein Löwe, schnaubend umstanden mich Autos, Lichter glühten wie

Augen, die Häuser waren so groß, der Himmel war weit, Nebelwolken fielen auf mich herunter. Und weil der Schutzmann ein Löwe war, habe ich ihn behandelt wie einen Löwen. Ich habe seine Hand gestreichelt, die meinen Arm festhielt, ihm auf Französisch gesagt, er solle mir nicht weh tun und mich nicht festhalten und auffressen, wenn er nicht Hunger habe, denn: »Mon père n'est pas chez nous et ma mère ne peut pas rester sans moi. Excusez moi, monsieur – j'ai vous regardé – vous êtes si beau.« Da hat der Löwe nicht mehr geknurrt, er wollte mich auch nicht mehr verhaften; der Schutzmann hat sich in einen Prinz verwandelt, der mich auf die andere Straßenseite trug bis zu der Frau, die auf Schienen sitzt.

Die Frau ist dick und verkauft Nüsse aus zwei großen blonden Körben. Auf den Schienen fährt schon lange keine Straßenbahn mehr.

Der Prinz setzte mich vor der dicken Frau ab. Ich habe ihn vorher noch schnell geküßt. Er kaufte mir zehn große Walnüsse von der dicken roten Frau. Dann ging er fort, bestieg seinen Thron und regelte wieder den Verkehr. Er war jetzt genau so, wie er vorher war, als ich ihn anstaunen mußte und dadurch den Verkehr angehalten habe. Jetzt sehe ich ihn täglich. Dann winke ich immer mit meinen Augen zu ihm hinauf, und er lächelt auf mich herunter. Manchmal möchte ich schrecklich gern auch mit meiner Hand winken. Aber ich tue es lieber nicht. Vielleicht würde es wieder den Verkehr aufhalten.

Wir gehen an der Rôtisserie d'Ardennoise vorbei, da haben wir manchmal mit meinem Vater gesessen. Er hat einen rosa Wein getrunken oder dunkelbraunes Bier aus einem kleinen silbernen Becher.

Wenn man mittags hineingeht, erlebt man sofort schon den Abend. Immer brennen auf den hölzernen Tischen gelbe kleine Lampen. Wenn ich mal so eine Lampe aus Versehen umwarf, war an dem Tisch sofort beinah Nacht, während auf der Straße noch Tag war.

Jetzt liegt vor der Rôtisserie ein gewaltiges Tier, das hat

ein Fell wie die Erde in einem Tannenwald – so schwarz und nadlig und rauh.

Aus seinem Kopf kommt Blut.

Meine Mutter zieht mich weiter und sagt: »Das ist ein Wildschwein.« Gibt es denn solche Tiere in Wirklichkeit, wo laufen sie herum? Meine Mutter sagt: ja. Gesehen hat sie auch noch keins, aber sie weiß es. Das Wildschwein ist tot und wird später gegessen.

Vor einem anderen Geschäft hängen Bündel von großen bunten Vögeln. Die hat es auch einmal in Wirklichkeit gegeben, sie sind herumgeflogen.

Ich hätte Angst, wenn diese großen Vögel noch lebten und auf mich zugeflogen kämen.

Die Vögel sind auch tot wie das Wildschwein und werden später gegessen. Aber ohne Federn. Ich möchte gern wissen, warum man die schönen Federn nicht auch ißt und was mit ihnen geschieht, denn sie sind doch die Hauptsache an einem Vogel. Vielleicht können Fabriken aus den Federn ein Gemüse in Dosen machen? Meine Mutter sagt: »Aus den Federn werden manchmal Kissen gemacht.« Jetzt möchte ich so furchtbar gern heimlich mal unsere Kopfkissen aufschneiden um zu sehen, ob so schöne bunte Federn drin sind – die Federn würde ich dann aus dem Fenster fliegen lassen.

Aus dem großen Café Monopole kommt die Dame mit dem Vogelnest. Ich will meine Mutter schnell vorbeiziehen, aber sie hat uns schon gesehen.

Ich habe etwas Angst vor der Dame mit dem Vogelnest, weil sie mich adoptieren will.

»Meister«, sagt sie immer zu meinem Vater, »was soll aus der Kleinen bei diesem ruhelosen Nomadenleben werden? Geben Sie sie mir, und ich werde aus dem wilden kleinen Knösplein die schönste Mädchenblüte entwickeln.« Ich will aber von dem Vogelnest nicht entwickelt werden.

Wir gehen mit dem Vogelnest ins Monopol, ich würde lieber draußen sitzen, aber das Vogelnest kann keinen

Zug vertragen. Meine Mutter will nichts bestellen, weil wir ja kein Geld haben – aber das Vogelnest hat ja Geld. Deshalb bestelle ich einfach für meine Mutter Frankfurter Würstchen und für mich ein Vanille-Eis. Ich sage sofort: »Vielen Dank, Fräulein Brouwer, daß Sie uns eingeladen haben, das nächste Mal, wenn mein Vater hier ist, laden wir Sie wieder ein.«

»Was hören Sie vom Meister?« fragt Fräulein Brouwer. »Ja, so ein künstlerischer Geist muß durch die Ferne schweifen, Familienbande dürfen ihn nicht hemmen.«

Wir haben vor ein paar Jahren Fräulein Brouwer mal an der Mosel kennengelernt, da wohnte sie im gleichen Gasthof wie wir. Sie drängte sich an meinen Vater, weil sie seine Bücher kannte. Es gibt auf der ganzen Welt keine Frau, zu der mein Vater nicht furchtbar nett ist. Darum schwirren uns oft Frauen nach, die meine Mutter und ich allein nicht verscheuchen können, und mein Vater lockt sie nur an. Fräulein Brouwer ist klein und alt. Früher war sie Lehrerin, und jetzt will sie sich mit einer Erbschaft und einem empfänglichen Sinn für alles Schöne die Welt ansehen. Darum reist sie fast immer dahin, wo mein Vater ist. Meine Mutter kann so was nicht leiden. Sie hat mal zu meinem Vater gesagt: »Diese hysterischen Schmeicheleien von solchen Frauen verderben dich nur noch mehr.«

Zu meinem Vater sagt Fräulein Brouwer immer ›Meister und lieber Kollege‹, denn sie hat mal an der Mosel ein Gedicht auf ein Vogelnest gemacht, das ist auch in einer Zeitung abgedruckt worden. Fräulein Brouwer sagt: sie trage sich jetzt mit dem Plan zu einem Œuvre, in ihrer Familie sei eine dichterische Ader gewesen.

Sie ist halb deutsch und halb holländisch, aber sie hat einen holländischen Paß, das ist ein großes Glück.

Mein Vater sagt: früher sei ein guter Ruf für einen Menschen wichtig gewesen, aber das sei heute Nebensache – Hauptsache sei eine gute Staatsangehörigkeit. Doch gerade die haben wir nicht, nur das Vogelnest hat sie. Wenn sie mich adoptierte, hätte ich sie auch, aber ich will lieber meine Mutter haben.

Ich kann auch nicht leiden, wenn das Vogelnest sagt:
»Na, Kully, wie geht's?«, und so tut, als sei es schrecklich
gut befreundet mit mir. Ich habe ganz andere Freunde.
Erziehen lasse ich mich auch nicht von dem Vogelnest. Ich
bin lieber ungezogen, damit es mich nicht haben will.

Als wir zurück ins Hotel kommen, geht der Hoteldirektor
in der Halle auf meine Mutter zu und sagt: »Madame, wir
haben soeben ein Telegramm aus Warschau von Ihrem
Gatten bekommen – er wird die Rechnung in den nächsten Tagen von Warschau aus erledigen.«
Ich bin so glücklich, aber meine Mutter kann kaum lä-
cheln. »Aus Warschau?« sagt sie leise, »aus Warschau . . .«

Am Nachmittag hat meine Mutter sich mit Herrn Fiedler
verabredet, weil sie denkt, der wisse vielleicht, was mein
Vater auf einmal in Warschau macht. Sie möchte auch
unbedingt mal wieder mit einem erwachsenen Schriftsteller sprechen und sich etwas Geld borgen, damit wir wieder
essen gehen können.
Meine Mutter will zwar immer Geld leihen, doch wenn's
dann so weit ist, tut sie's nicht.
Ich verstehe ja, daß man anderen Menschen nichts fortnehmen darf, aber ich verstehe gar nicht, warum man andere Leute nicht um Geld bitten soll, wenn sie was haben.
Es ärgert mich, wenn Leute kein Geld hergeben, obwohl
sie was haben und obwohl man das Geld doch braucht.
Sonst würde man sie ja gar nicht drum bitten. Wenn mein
Vater Geld hat, gibt er immer anderen Leuten was davon,
wenn sie was haben wollen.
Tiere und Kinder darf man nicht einfach verschenken
oder liegenlassen, aber Geld ist doch nichts, was unglücklich ist oder weint, wenn man es verläßt.
Meine Großmutter in Köln hat uns auch immer Geld gegeben, anderen Menschen übrigens auch. Jetzt kann sie
uns kein Geld schicken, weil die deutsche Regierung sie
dann einsperren würde.

Meine Mutter sagt, mein Vater könne gar nicht unsere Hotelrechnung von Warschau aus erledigen, weil die polnische Regierung auch nicht erlaubt, Geld aus Polen herauszuschicken. Mein Vater lügt oft, damit Ruhe ist. Darüber sind wir ganz froh. Manchmal zaubert er auch Wunder, dann wird alles wahr.

Vor dem Spiegel brennt sich meine Mutter die Haare, sie will links und rechts am Gesicht eine runde Locke haben, dann sieht sie schön aus. Wenn sie schön aussieht, hat sie mehr Mut, durch die Hotelhalle zu gehen, mit anderen Leuten zu sprechen, sie um Geld zu bitten. Ich brauche dazu nicht schön auszusehen.

Ich beobachte meine Mutter, wie sie ihre Brennschere immer vorher an einer Zeitung ausprobiert, damit die nicht zu heiß ist.

Jetzt macht sie Wellen auf ein Gesicht, und ich sage auf einmal: »Oh, Mama, das ist ja der Onkel Pius.« Es ist eine Zeitung aus der Schweiz, die hat uns vor acht Tagen der Herr Fiedler gegeben, der hatte sie schon gelesen. Ich lese nicht gern Zeitungen, meine Mutter auch nicht. Nur manchmal, wenn sie nicht einschlafen kann. Da ist in der Zeitung wirklich ein großes Bild vom Onkel Pius, meine Mutter sieht es auch an, dann zittern ihre Hände, und die Brennschere fällt hin.

Unter dem Bild steht: »Der bekannte Wiener Arzt hat jetzt in Wien seinem Leben ein Ende gemacht.«

»Was hat Onkel Pius getan, Mutter?«

»Ach, frag nicht, Kully, das verstehst du nicht, die Welt ist so schrecklich.«

Onkel Pius habe ich sehr gern, er ist unser bester Onkel, schon alt, mit grauen Haaren. Wir sind vor einem Jahr bei ihm in Wien gewesen, damals waren wir sehr glücklich. Der Onkel Pius hat viel gelacht, er war gut zu uns.

Jetzt können wir nicht mehr nach Wien zum Onkel Pius, weil die deutsche Regierung alles besetzt hat.

Wir kennen viele Leute, die aus Wien fortgelaufen sind, auch Kinder. Es ist nur dumm, daß man aus solchen Ländern immer nur sich selbst mitnehmen darf und keine

Häuser und kein Geld. Darum bleibt meine Großmutter auch in Köln. Onkel Pius hat ein großes Krankenhaus in Wien, wie soll er das forttragen?

Mein Vater sagt, die deutsche Regierung sperre Menschen ein, ohne daß sie gestohlen haben. In solchen Ländern leben dann die Menschen nicht gern.

»Onkel Pius ist tot«, sagt Mutter, »warte, bis ich zurückkomme.« Sie weint und geht schnell fort mit der Zeitung unter dem Arm. Sie hat sich runde Locken nur auf einer Seite gebrannt.

Es ist so still im Zimmer. Ich hebe die Brennschere auf und blase die kleine Flamme aus blauem Spiritus aus. Warum weint meine Mutter, wenn Onkel Pius tot ist? Mein Vater hat oft gesagt: »Die Toten sind glücklich, ihnen kann nichts mehr geschehen.«

Wenn Onkel Pius tot ist, ist er glücklich und kann mich umschweben. Vielleicht weint meine Mutter, weil sie ihn nun nie mehr wiedersehen kann. Aber wir können ja so viele lebendige Menschen nicht wiedersehen, weil sie in Ländern mit solchen Regierungen leben oder weil Grenzen sind, oder weil sie eingesperrt werden.

Ich habe in Frankfurt einen Freund, der ist älter als ich, aber er hat trotzdem mit mir gespielt. Wir sind zusammen auf der Bockenheimer Landstraße Roller gefahren. Einmal waren wir auf einer großen Wiese, da lagen große schwere Steine. Die haben wir mit gemeinsamer Kraft aufgehoben. Unter den Steinen lebten viele Tiere und kleine weiße Gräser. Wir haben still dagesessen und nichts angefaßt. Wir kamen uns vor wie gewaltige Riesen und Ritter, die alles befreiten. Einmal ist ein Mann gekommen und hat gesagt: »Wie kommst du dazu, mit diesem Judenbengel zu spielen?« Da sind wir beide fortgelaufen in schrecklicher Angst, obwohl wir nichts Böses getan hatten.

Im Palmengarten sind wir auch mal vor einem Wächter weggerannt, aber da hatten wir Azaleenblüten abgepflückt. Das durften wir nicht, und das wußten wir auch. Diesmal hatten wir aber gar nichts Verbotenes getan.

Darum habe ich es meinem Vater auch am Abend erzählt. Der hat zuerst mit den Zähnen geknirscht und dann gesagt: »Bald reisen wir fort, Kully – spiele weiter, mit wem du willst.«
Ich habe meinem Freund geschrieben, und er hat mir geschrieben. Aber dann hat mein Vater gesagt: es sei nicht gut für die Leute in Deutschland, wenn wir ihnen schreiben, ich solle es nicht mehr tun. Ich habe es dann auch gelassen.
Als ich fortgereist bin, habe ich mit ihm und seiner Mutter zusammen geweint.
Wiedersehen kann man sich nicht. Man kann nur sterben und sich gegenseitig umschweben.

Ich will mit meinem Kaufmannsladen spielen, aber allein macht mir das manchmal keinen Spaß. Ich habe auch nur noch ein paar Reiskörner und abgebrannte Zündhölzer zu verkaufen.
Es ist so schrecklich grau im Zimmer, selbst wenn ich die Lampe anknipse, wird es nicht hell.
An das Fenster darf ich nicht gehen, um nicht hinauszufallen, das habe ich meiner Mutter fest versprochen. Sonst könnte ich sehen, wie unten die Straßenbahnen vorbeifahren, wie die bunten feurigen Funken aus den Schienen blitzen.
Meine Mutter nimmt mich sonst immer mit. Heute hat sie mich allein gelassen. Vielleicht kommt sie gar nicht wieder.
Wenn ich unsere Kopfkissen aufschneiden würde, könnte ich sehen, ob bunte Vogelfedern drin sind. Ich darf es aber nicht.
Meine Puppenküche macht mir gar keinen Spaß mehr. Ich kann ja doch nicht richtig drin kochen mit Feuer.
Meine Mutter hat gesagt: »Wenn wir mal wieder einen eigenen Herd haben, Kully, oder ein eigenes Zimmer mit einem eigenen Spirituskocher, dann lehre ich dich Feuer machen und Essen kochen.«
Feuer machen kann ich jetzt schon, das ist gar nicht

schwer, man muß nur eine Streichholzschachtel haben und etwas, das brennt.

Meine Mutter hat gesagt, ich solle warten. Aber ich könnte doch trotzdem mal schnell zur Madame Rostand gehen. Die habe ich sehr gern, nur der Weg zu ihr ist weit, vielleicht würde ich verlorengehen, dann müßte meine Mutter noch mehr weinen. Bei der Madame Rostand lerne ich Klavier spielen und Französisch. Sprechen kann ich es ja, aber die Madame Rostand zeigt mir, wie man französische Wörter schreibt.

Madame Rostand ist klein und bunt. Ihr Gesicht ist bunt, und ihr Kleid ist bunt. Sie spricht so schnell und bewegt sich so schnell und lacht so schnell. Ich möchte mit Madame Rostand Kreisel spielen. Wenn ich so groß wäre wie ein großes Haus, wäre Madame Rostand mein kleiner bunter Kreisel.

Einmal hatte ich schöne bunte Kreisel, die ließ ich mit meinem Frankfurter Freund über die Erde schwirren und tanzen. Mit Bindfaden mußten wir die Kreisel schlagen, damit sie auf dem glatten Pflaster tanzten und sprangen und nicht umfielen.

Madame Rostand ist die Frau von einem alten Kellner in unserem Hotel, mit dem ist mein Vater befreundet.

Meine Mutter und ich gehen manchmal nachmittags zu ihr. Dann zeigt sie mir, wie man Französisch schreibt, ich spiele auf ihrem Klavier, und wir lachen zusammen. Zu meiner Mutter hat sie gesagt: »Oh, ma petite, ma chère petite, ma belle petite – il ne faut jamais pleurer – qu'est-ce que c'est – un homme? Il faut rire, ma petite.«

Und weiter hat sie gesagt: »Ein guter Mann hat immer eine schlechte Frau – und ein schlechter Mann hat immer eine gute Frau. Das muß so sein. Ich finde es besser, eine gute Frau zu sein und einen schlechten Mann zu haben, denn mit einem guten Mann ist man auch nicht glücklich, aber mit einem schlechten Mann langweilt man sich wenigstens nicht.« Meine Mutter konnte es nicht verstehen, darum mußte ich es übersetzen. Ich habe erwidert: »Mein Vater ist aber nicht schlecht.«

Da hat Madame Rostand gelacht und gesagt: »Nein, er ist sogar gut – nur die schlechten Ehemänner sind gut. Monsieur ist leichtsinnig und charmant, nur solche Männer sind immer wieder liebevoll und treu – es gibt Ehemänner, die treu sind, weil sie überhaupt keine Frau lieben, auch ihre eigene nicht. Ich, Madame, habe lieber einen Mann, der liebt und lieben kann – auch wenn ich nicht immer die bin, die er liebt.«

Es ist still im Zimmer. Die Luft draußen ist dick und wollig. Ich wünschte, es würde hier mal schneien, so wie es in Polen geschneit hat. Vielleicht ist mein Vater nach Polen gefahren, weil er Schnee haben wollte. Schnee ist so schön.

Meine Schildkröten rascheln an der Tapete, vielleicht haben sie Hunger. Tapeten können nicht gegessen werden, auch von Schildkröten nicht. Ich werde mal runter in die Hotelküche gehen und um Nahrung für meine Tiere bitten.

In der Hotelküche herrscht immer dampfende Eile. Ich stehe den Leuten da im Weg. Vorgestern ist ein Kellner mit Glühwein über mich gefallen, dabei ist nichts Schlimmes passiert.

Ein Koch hat gesagt, er würde mich kochen, wenn ich noch mal wiederkäme. Aber die anderen haben mir schnell was für meine Schildkröten gegeben, um mich los zu sein.

Ich glaube, es ist verboten, Menschen zu kochen, der Koch wird es auch nicht tun. Aber die Kessel in der Küche sind so groß, und ich bin einmal in eine Badewanne gestiegen, das Wasser darin war sehr heiß. Das hat schrecklich weh getan.

Ich habe ja keine Angst, in die Küche zu gehen, doch mein Vater hat mal gesagt: »Heutzutage ist alles Furchtbare möglich.«

Ich bin wieder im Zimmer, meine Mutter ist noch nicht da. Ich bin nicht gekocht worden und habe jetzt Nahrung für meine Schildkröten. Es ist aber doch schwer und gefährlich, für Tiere zu sorgen.

Ich sitze vor meinem Kaufmannsladen, ich kann nicht müde sein, weil mein Herz klopft. Wozu habe ich den Kaufmannsladen, wenn ich doch nicht mal daraus Nahrung an Schildkröten vergeben kann?

Ich habe meine Schildkröten neben mich gesetzt. Die Dame mit dem Vogelnest hat mich gefragt: »Wie heißen sie denn?«

Ich habe geantwortet: »Schildkröten.«

»Hast du ihnen denn keinen Namen gegeben, Kully?«

»Sie haben ja einen Namen, sie heißen Schildkröten.«

»Haben sie denn Nummern, Kully – heißen sie Schildkröte eins und Schildkröte zwei?«

»Nein, sie heißen doch Schildkröten.«

Die Dame mit dem Vogelnest hat es nicht verstanden. Sie hat gesagt: »Du hast nicht die Phantasie deines Vaters geerbt, du hast auch nicht die wahre Kinderphantasie – ich nannte früher meine Kanarienvögelchen Johannes und Charlotte.«

Warum sollen denn meine Schildkröten Johannes und Charlotte heißen?«

Da hat sie gesagt: »Ja, du mußt sie doch rufen, mit ihnen sprechen, wie redest du sie denn an?«

Da habe ich ihr gar nicht mehr geantwortet, die ist ja so dumm. Schildkröten sind doch keine Hunde, die man rufen kann, die hören doch gar nichts. Schildkröten brauchen Futter, und dafür bleiben sie dann leben, kriechen um mich herum und rascheln, wenn ich allein im Zimmer bin.

›Meine Anni‹ – ich wollte den Brief nicht aufmachen, aber dann habe ich's doch getan, denn der Brief war ein Eilbrief. Der Chasseur hat ihn mir ins Zimmer gebracht. Ich habe den Brief auf den Tisch gelegt und mußte ihn immer ansehen. Eilbriefe sehen immer so aufgeregt aus und können es nicht aushalten, wenn sie nicht sofort aufgemacht werden.

Man darf fremde Briefe nicht aufmachen, meine Mutter will das nicht.

Der Brief war von meinem Vater. Ich erkenne immer seine Buchstaben.

Ich habe auf meine Mutter gewartet, sie ist nicht gekommen.

Ich habe auf sie gewartet und bis dreißig gezählt – da war sie immer noch nicht da, dann habe ich den Brief aufgemacht. Ich glaube, das ist viel besser, als wenn ich auf dumme Gedanken kommen würde. Die Dame mit dem Vogelnest sagt ja auch: »Kinder, die unbeschäftigt sind, kommen so leicht auf dumme Gedanken.«

›Meine Anni‹ schreibt mein Vater.

›Meine Anni, ich bin in größter Sorge um Euch. Wie geht es Dir, wie geht es Kully?

Telegrafiere mir sofort, damit ich beruhigt sein kann.

Ehe ich nicht Dein Telegramm habe, kann ich nicht arbeiten. Dabei ist es dringend notwendig, daß ich arbeite.

Seit Wochen habe ich nichts von Euch gehört.

Eine Adresse konnte ich Dir nicht schreiben, da ich keine hatte. Wo ich auch war, wollte oder mußte ich gleich wieder fort.

In Prag konnte ich keine Geschäfte machen, nur ein paar Zeitungsartikel verkaufen. Du weißt ja, was Prager Zeitungen zahlen.

Zufällig traf ich einen Bekannten. Hat jetzt einen Theaterverlag in der Schweiz, sucht Stücke. Saß einen Abend mit ihm zusammen und hatte eine glänzende Idee zu einem Lustspiel. Ließ mich von dem Mann überreden, das Stück für ihn zu schreiben.

Von dem Vorschuß konnte ich nach Budapest fahren.

Das Stück muß ich in acht Wochen abliefern. Es wäre eine Schweinerei, wenn ich's nicht tun würde, der Mann ist anständig. Ich habe noch nie ein Lustspiel geschrieben, die glänzende Idee hab' ich auch schon wieder vergessen. Aber mir wird schon irgendwas einfallen.

In Budapest bekam ich Geld vom Giganten-Verlag, der

mich auf ungarisch übersetzt hatte. Die Leute hätten das Geld längst schicken müssen, haben sich aber natürlich auch mit der Devisengesetzgebung herausgeredet.

Ich fühle mich elend, krank. Ich weiß nicht mehr weiter. Ich habe die größte Sehnsucht nach Dir und möchte mit Dir sprechen. Ich hasse es, Briefe zu schreiben – es strengt mich mehr an, macht mir mehr Arbeit, als drei Romankapitel zu schreiben.

Du mußt Dich jetzt zusammennehmen und alles tun, Annchen, daß wir bald wieder zusammen sind.

In Budapest bekam ich einen Brief von Genek, der uns wieder zu sich einlud. Manja will sich endgültig von ihm scheiden lassen. Doch er will nicht allein sein. Ein Geschäftsfreund von Genek gab mir das Geld, um nach Warschau zu fahren. Vom Budapester Verlag war nichts mehr zu holen. Die Leute waren zuletzt hart wie Granit. Übrigens habe ich Dir und Kully zum Geburtstag ungarische Nationalkostüme geschickt, Ihr müßt entzückend darin aussehen. Meine ungarische Übersetzerin hat sie mir besorgt. Sie hat wunderhübsche kleine Hände und kein leichtes Leben. Es ist so selten, daß kleine Hände wirklich hübsch sind. Entweder sind sie traurige kleine Skelette – kühle dürftige Leichenhändchen –, oder sie sind dumme kleine rosa Kissen. Ach Gott, Annchen. Siehst Du, jetzt fange ich schon an, einen Brief-Roman zu schreiben. Das ist wohl ein Zeichen, daß ich vollkommen liederlich geworden bin. Ein Romanschriftsteller soll sich in seinen Briefen nicht literarisch gehenlassen.

Von Warschau bin ich mit Genek nach Lwòw gefahren. Hier wohne ich im Hotel Europejski. Geneks Liebe hat bereits nachgelassen, nachdem er meine letzte Hotelrechnung bezahlt hat. Ich appellierte an seinen Familiensinn, obwohl ich bis heute noch keine Ahnung habe, ob und wie wir überhaupt verwandt sind. Er mutet mir jetzt erneut zu, in seinem ekelhaften Haus zu wohnen, in dem es mehr denn je von alten Müttern, Tanten, Schwestern wimmelt, zwischen denen sich Kinder herumtreiben, von denen ich nie lerne, wem sie gehören.

In dem ganzen Haushalt existieren zwei Likörgläser von der Größe einer Haselnuß und eine Flasche selbstgemachter Birnenschnaps, der noch weitere Generationen überdauern soll. Und ich muß dort jeden Tag ein paar Stunden verbringen! Genek und die andern behandeln mich wie Heilsarmee-Leute ein gefallenes Mädchen. Kamelia hat mir mal ein Glas Himbeerwasser mit Zitrone vorgesetzt, danach habe ich in die Badewanne gekotzt.

Sie sind auch gar nicht mehr stolz auf mich, wie sie es noch im vorigen Jahr waren. Daß sie mein Bild in den Zeitungen, meine Bücher in den Auslagen sehen, kann ihnen überhaupt nicht mehr imponieren. Ein bekannter Schriftsteller ohne Geld, ohne materiellen Erfolg bekommt für seine Umgebung etwas verdächtig Hochstaplerisches. Er wirkt wie ein Herzog ohne Schloß und Dienerschaft.

Im vorigen Jahr sahen sie noch mehr Ruhm als Armut. Unsere Armut schien ihnen mehr eine Theaterarmut, die Armut eines jungen Millionärs, den sein Vater zwang, mal für kurze Zeit den Ernst des Lebens zu erfahren. Jetzt erkennen sie meine Mittellosigkeit als dauerhaft und echt. So etwas haben die Leute nicht gern. Sie sind nicht mehr gastfrei, sondern wohltätig. Gott, was soll man von einer Familie verlangen, die mit altem Eisen handelt? Solche Menschen sind Romantiker mit zementharter Phantasie. Ein unbekannter Dichter gehört in eine Dachkammer, ein bekannter in ein Hollywood-Schloß.

Geneks Cousine Rosi, die grün und sauer aussieht und literarisch interessiert ist, hat sich dreimal hintereinander Bücher von mir aus der Leihbibliothek geholt. Sie glaubt, sie habe mich dadurch praktisch unterstützt, und fühlt sich als Mäzenin.

Kamelia führte mich vorgestern in den Stilitzky-Park auf eine windige Anhöhe. Dort sollte ich mich auf eine Bank setzen und angesichts der schönen Aussicht dichten.

Sie gehört zu denen, die keinen Schriftsteller sehen können, ohne ihn mit Bleistift und Papier in Rosenlauben, in Aussichtstempelchen oder auf Waldesbänke quetschen zu wollen. Im Frühling und im Sommer sind diese Wesen am gefährlichsten. Kamelia aber ist schon so weit, daß sie auch bei ungünstiger Witterung keine Rücksicht nimmt. Sie irrt umher und sucht Bänke für mich. Die frische Luft soll gleichzeitig geistig befruchtend, läuternd und gesundheitsfördernd wirken. Ich habe ihr jetzt erklärt, ich sei kein Freiluftdichter! Seitdem glaubt sie nicht mehr an mich.

Das ist schade, denn sie kann Genek in Gelddingen sehr beeinflussen, sie hilft ihm beim alten Eisen und ist unerhört geschäftstüchtig. Geschäftsfreunde mit Aktienbesitz und Auslandskonten behandelt sie einsichtsvoll und geschickt. Nie würde sie so einen Mann auf eine glitschige Parkbank setzen mit den Worten, daß er warten solle, bis ein kühler Abendwind ihm fernes Glockenläuten zutrage. Genek verlangt auch, daß ich mittags bei ihnen esse. Nach dem Essen drängt mich die ganze Familie auf den Balkon, um mir zu befehlen, tief aus- und einzuatmen. Danach soll ich schlafen. Sie sorgen, daß ich ›gesund‹ lebe, und dabei gehe ich zugrunde.

Höchste Zeit, daß was geschieht, Annchen.

Ich habe Genek jetzt so weit bearbeitet, daß er das Reisegeld für Dich und Kully aus London an Dich überweisen lassen wird. Er glaubt, daß wir dann zu ihm ziehen. Kamelia will Kully unterrichten. Ich imponiere meinem hiesigen Familienzweig zwar nicht mehr, aber sie wollen mich noch nicht los sein – sie möchten mich retten. Natürlich werdet Ihr nicht hierherkommen. Von dem Reisegeld für Polen mußt Du sofort das Hotel bezahlen und mit Kully nach Amsterdam fahren. Seid Ihr mal dort, kann Euch nichts mehr passieren. Geht ins Palast-Hotel, das ist zwar etwas teuer, aber der Geschäftsführer dort schuldet mir noch 60 Gulden. Die habt Ihr mal fürs erste. Der Mann heißt Flens, ist ein sehr guter Freund von mir, Du kannst Dich auf ihn verlassen.

In Amsterdam mußt Du sofort zum Verlag gehen. Du mußt Krabbe sagen, daß Du das fertige Manuskript von dem neuen Roman bei Dir hast. Da Du es nicht hast, kannst Du es ihm natürlich nicht geben. Aber Du mußt alles tun, daß er glaubt, es sei fertig. Sobald ich in Amsterdam bin, werde ich die zweihundert Seiten, die noch fehlen, in acht Tagen schreiben. Ich werde dann eben Tag und Nacht arbeiten. Du weißt ja, Annchen, daß ich schon ganz anderes geschafft habe. Irgendwie ist es immer wieder gut geworden.

Auf Dein literarisches Urteil wird Krabbe nicht viel geben. Du mußt ihm erzählen, der Roman sei unerhört spannend, aufregend. Er soll an einen Publikumserfolg glauben.

Du mußt erreichen, daß Krabbe mir sofort telegrafisch das Reisegeld überweist.

Krabbe war früher ein netter warmherziger Mensch, ein Mann, der weicher Regungen und freundschaftlicher Gefühle fähig war. Leider hat sich in der letzten Zeit sein Charakter auf häßliche Art verändert. Früher einmal konnte man ihn brieflich noch erweichen und zu weiteren Vorschüssen bewegen. Heute? Wenn Du meine brieflichen Notschreie dem Mond vorlesen würdest, würde er weinend vom Himmel fallen. Krabbe bleibt zäh wie altes Leder. Gewiß, die Zeiten sind hart – besonders für einen Verleger, der im Ausland deutschsprachige Bücher rausgibt –, aber Krabbe ist seiner Zeit an Härte allzuweit voraus.

Gehe mit Kully zu Krabbe ins Büro. Schreibe ihm nicht vorher, melde Dich auch nicht an, denn sonst flieht er eventuell. Frauen und Kindern gegenüber kann er doch nicht ganz so unmenschlich sein. Kully soll das weiße Kleid anziehen, in dem sie so rührend aussieht.

Gehe nicht fort, ehe er das Geld an mich telegrafisch abgeschickt hat.

Nimm Dich zusammen, Annchen, mach alles richtig, ich verlasse mich auf Dich. Bald sind wir wieder zusammen! Dann fahren wir nach Paris. Frankreich ist nun mal ein herrliches Land, nirgends können wir so billig leben.

Hebst Du unsere drei Lose von der belgischen Kolonial-Lotterie sorgfältig auf? Die Ziehung muß in den nächsten Tagen sein. Versäume um Gottes willen nicht, sofort die

Ziehungslisten zu besorgen. Entschuldige, aber Du bist manchmal so leichtsinnig in Geldsachen, so daß ich wirklich an alles denken muß. Die Nummern scheinen mir diesmal außerordentlich gut. Wir könnten wirklich Glück haben.

Bitte, vergiß auch nicht, vor Deiner Abreise aus Brüssel noch mal Popp anzurufen. Ich habe ihm seinerzeit in Ostende glänzende Reklameideen für Warenhäuser gegeben. Vielleicht hatte Popp schon mit der einen oder anderen Idee Erfolg? Mein Kopf ist so voll, ich kann mich nicht um alles selbst kümmern, dadurch können dann auf einmal Riesenwerte verlorengehen. Vielleicht erreichst Du, daß Popp Dir schon einen Vorschuß auf die Ideen gibt. Aber das wird schwer sein. Es gehört ungeheures Können dazu, von Menschen wie Popp Geld lockerzumachen.

An Fräulein Brouwer mit dem Vogelnest habe ich eine Karte geschrieben. Falls Ihr mit dem Reisegeld nach Amsterdam nicht auskommt, soll sie Euch aushelfen. Ich beteilige sie dafür an den Tantiemen von meinem Lustspiel. Ich muß schließen. Manja holt mich gerade ab. Sie läßt Euch grüßen und ist entzückend wie immer. Ich weiß nicht, ob ich ihr weiter zureden soll, bei Genek zu bleiben unter dieser Masse alter und alternder Frauen, die sie natürlich alle nicht leiden können, geschweige verstehen.

Auf Wiedersehn, meine Lieben, ich küsse Euch.‹

Wir sind in Amsterdam, seit drei Tagen. Als wir ankamen, war die Stadt mit vielen orangefarbenen Fähnchen geschmückt, aber nicht für uns.

Meine Mutter und ich sitzen in einem Lokal am Bahnhof, das auf schwarzem Wasser schwimmt. Die Sonne scheint, Schiffe fahren vorbei, Motorboote legen vor unseren Füßen an.

Wir warten auf Herrn Krabbe.

Vielleicht läßt er mich einmal in so einem Motorboot

fahren. Er ist machmal sehr nett, aber manchmal sieht er mich auch mit so düsteren Blicken an, als solle ich nicht auf der Welt sein. Er wollte auch gestern nicht die Möwen mit mir füttern.

Ich darf mit meiner Mutter nicht sprechen. Sie hat eine angestrengte Stirn. Wahrscheinlich überlegt sie, wie sie Herrn Krabbe erklären soll, daß sie das Romanmanuskript von meinem Vater wieder nicht mitgebracht hat.

Ich schreibe eine Karte an Madame Rostand. Sie kennt Amsterdam gar nicht und Frankreich auch nicht. Aber mein Vater hat mal zu ihr gesagt, sie sei eine Art von Belgierin, die französischer sei als irgendeine Französin. Amsterdam ist sehr schön. Es besteht aus Flüssen, die Grachten heißen. In diesen Grachten darf man nicht schwimmen, weil sie giftig sind. Die Blumen hier sind noch viel herrlicher als irgendwo anders. Hier blühen viele Blumen auf königlichen Befehl in gelber Farbe.

Das Hotel, in dem wir wohnen, ist so schön und vornehm, daß wir ängstlich atmen, wenn wir durch die Halle gehen müssen.

Meine Mutter findet, daß wir überhaupt nicht mehr wie Gäste aussehen, sondern wie Frauen, die den Gästen Wäsche bringen oder Kleider zum Reinigen und Aufbügeln abholen.

Im Sommer waren wir ja noch schön und konnten mit Sandalen rumlaufen in dünnen Kleidern, aber jetzt?

Vielleicht kommt meine Großmutter aus Deutschland mal zu uns und bringt uns warme Kleider und Mäntel mit. Meine Mutter will ihr nur nicht schreiben, daß wir das so furchtbar nötig brauchen, damit meine Großmutter nicht ungerecht gegen meinen Vater wird.

Hier am Wasser ist es auch kalt. Wir haben uns unsere dicken Reisedecken um die Schultern gelegt. Meine Mutter will nur nicht, daß wir so in Decken gewickelt im Hotel aus- und eingehen.

Gestern abend haben wir im Hotelzimmer die schönen bunten ungarischen Nationalkostüme angezogen, die

mein Vater geschickt hat. Als das Zimmermädchen rein-
kam, um das Bett abzudecken, wollte es eine Theaterkarte
von uns geschenkt haben, weil es dachte, wir seien eine
Schauspielertruppe und führten Tänze vor.
Herr Krabbe rief an, daß er unten im Café auf uns warte.
Da bin ich ganz schnell runtergelaufen.
Herr Krabbe bekommt nämlich von den Kellnern immer
einen kleinen Teller voll Nüsse geschenkt, dafür muß er
aber auch etwas sehr Ekelhaftes trinken, das Bols heißt.
Wenn ich dran rieche, muß ich niesen und husten. Mein
Vater trinkt ja auch immer solche Medizin. Die Nüsse von
Herrn Krabbe darf ich immer essen.
Alle Menschen im Café haben mich angesehen und sich
über mein schönes Nationalkleid gefreut, nur Herr Krab-
be nicht. Er wollte, daß meine Mutter kommen sollte,
aber die mußte sich ja erst umziehen. Unter keinen Um-
ständen dürfte sie im Nationalkleid runterkommen.
Herr Krabbe hat mich nach dem Romanmanuskript ge-
fragt. Ich habe gesagt: »Es ist in einem Koffer.«
»Bringt deine Mutter es mit herunter?« fragte Herr Krab-
be und sah mich mit schiefen Augen an.
»Ich weiß nicht, Herr Krabbe.«
Herr Krabbe will den Roman haben, meine Mutter und
ich haben kein Manuskript. Was sollen wir tun?
»Schreiben eigentlich viele Menschen Romane, Herr
Krabbe?«
»Wieso viele? Alle Menschen schreiben Romane.«
»Aber meine Mutter schreibt doch keine Romane.«
»Das wundert mich.«
»Schreibt denn der Kellner hier Romane?«
»Bestimmt.«
»Müssen alle Menschen Romane schreiben?«
»Nein.«
»Warum muß mein Vater es denn tun?«
»Weil er es kann.«
»Können andere Menschen es nicht?«
»Nein. Fast nie.«
»Warum schreiben sie denn dann Romane?«

»Weil sie nicht wissen, daß sie's nicht können.«
»Können Kinder Romane schreiben, Herr Krabbe?«
»Nein. Aber die Menschen, die Romane schreiben, sind Kinder.«
»Mein Vater ist doch kein Kind.«
»Doch.«
»Aber das ist ja nicht wahr, mein Vater ist so groß wie Sie.«
»Größer.«
»Herr Krabbe, hat denn noch nie ein Kind einen Roman geschrieben?«
»Nein.«
»Glauben Sie, daß ein artiges Kind, das sich Mühe gibt und fleißig ist, es kann?«
»Nein.«
»Auch nicht, wenn es auf der Schreibmaschine übt, Herr Krabbe?«
»Nein. – Um Gottes willen, weine nicht – wie heißt du? Kully? Iß Nüsse, Kully, trinke noch ein Orangejuice, sei tapfer. Möchtest du Eis essen? Dein Kleid ist wirklich wunderschön. Du bist ja schon so ein großes Mädchen, da kann man dich gar nicht mehr auf den Schoß nehmen. Wann kommt denn deine Mutter, du mußt doch bald schlafen. Den Roman für deinen Vater kannst du jetzt noch nicht schreiben – den muß dein Vater selbst schreiben, vielleicht wird er ihn wirklich bald abliefern.«
»Bestimmt, Herr Krabbe, es fehlen ihm ja nur noch zweihundert Seiten.«
»Ach Gott«, sagte Herr Krabbe.
Meine Mutter kam, Herr Krabbe kam matt aus seinem Stuhl hoch, küßte ihr die Hand und sagte: »Als Verleger möchte ich Papst sein und meine Autoren zum Zölibat verpflichten können.«
»Warum?« sagte meine Mutter, und: »Ach Gott, jetzt habe ich das Manuskript im Zimmer liegenlassen – ich gebe es Ihnen morgen, Herr Krabbe.«
Ich mußte zu Bett gehen und wollte nicht einschlafen. Warum kann denn ein Kind keine Romane schreiben?

Wenn ein Engel hexen würde und ich sofort zweihundert Seiten von einem Roman auf der Schreibmaschine hätte, wären wir ja gerettet.

Als meine Mutter und ich vor ein paar Tagen in Amsterdam angekommen sind, haben wir zuerst geschlafen. Dann hat mir meine Mutter das weiße Kleid angezogen: wir sind in das Büro von Herrn Krabbe gegangen. In dem Geschichtsbuch, aus dem meine Mutter mich unterrichtet, ist ein Bild von einer verschleierten Königin Luise, die flehend vor einem dunklen bösen Napoleon steht.
So stand meine Mutter mit mir vor Herrn Krabbe und bat ihn, meinem Vater Geld zu schicken.
Herr Krabbe hielt ein Telegramm von meinem Vater in seinen Händen, in dem stand: ›Erbitte Ihren Schutz für hilflose Frau und Kind.‹ Damit waren meine Mutter und ich gemeint.
Herr Krabbe hat sich mit den Händen seinen Kopf und die Haare zusammengedrückt. Er hat meiner Mutter Bücher gezeigt, in denen sich Zahlen befinden, die unterm Strich eine Abrechnung sind.
Er hat gesagt, daß mein Vater bereits seit einem halben Jahr seinen neuen Roman hätte abliefern müssen. Immerzu habe er das fertige Manuskript angekündigt, und dafür schon furchtbar viel Geld im voraus erhalten.
Meine Mutter hat gesagt: »Der Roman ist fertig, ich habe ihn im Hotel.«
Herr Krabbe hat meinem Vater das Reisegeld geschickt.
Damals sprachen wir zum erstenmal mit Herrn Krabbe, seitdem haben wir ihn oft gesehen.

Jetzt sitzen wir hier am Wasser und warten wieder auf Herrn Krabbe.
Vielleicht kommt er mit seinem Fahrrad, dann versuche ich mal, drauf zu fahren. Alle Menschen fahren hier mit Fahrrädern und sind fröhliche Radfahrer. Nur Herr Krabbe ist ein ernster Radfahrer, er singt nie beim Fahren vor sich hin. Er fährt auch nicht freihändig.

Hoffentlich kommt mein Vater bald zurück.

Wir sind schon wieder in größter Sorge wegen des Hotels.

Wenn wir nur ausziehen könnten!

Meine Mutter wagt gar nicht zu fragen, was das Zimmer kostet.

Wir wohnen im Hotel zusammen mit lauter Maharadschas, das sind die reichsten Männer der Welt.

Mein Vater wollte ja, daß wir gleich den Geschäftsführer, Herrn Flens, sprechen sollten, da er meinem Vater noch 60 Gulden schuldet.

Meiner Mutter war es sehr unangenehm, deswegen gleich mit Herrn Flens zu sprechen. Aber weil wir noch nicht mal das Geld hatten, um mit der Straßenbahn zu Herrn Krabbe zu fahren, hat meine Mutter sich ein paar Stunden ruhig ins Zimmer gesetzt, um sich zu überwinden. Als sie dann von sich überwunden war, ist sie mit mir runtergegangen, hat nach Herrn Flens gefragt. Er ist auch gleich gekommen; dick, klein mit chinesischen Augen. Er hat sich sehr gefreut, daß wir meinem Vater gehören und daß mein Vater ihn grüßen lasse. Und er hat gesagt: er habe schon lange die Adresse von meinem Vater wissen wollen, da der ihm noch 60 Gulden schulde. Das Geld könne er gerade jetzt sehr gut gebrauchen.

Mein Vater muß alles verwechselt haben.

Meine Mutter hat gesagt: es sei furchtbar schwer, mit meinem Vater verheiratet zu sein.

Ich habe meine Mutter gefragt, ob sie lieber mit den Maharadschas verheiratet sein möchte, da hat sie geantwortet: »Ach nein, das gerade auch nicht.«

Ich möchte schrecklich gern mit den Maharadschas verheiratet sein. Sie sind so schön braun, ganz von selbst und auch im Winter. Andere Menschen müssen sich dazu immer erst monatelang in glühende Sonne legen.

Neben unserem Hotel steht ein Mann, der hat einen großen Wagen, auf dem sind viele, viele Gläser mit Heringen und Gurken. Ich bin mit dem Mann befreundet, aber ich kann nur mit ihm sprechen, wenn ich mir die Nase zuhalte, denn die Heringe riechen so. Der Mann spricht holländisch, dennoch kann ich ihn fast immer verstehen. Er hat ein Gesicht wie ein zusammengeknautschtes Blatt Papier, blaue Augen und blonde Haare. Sein Vater ist gestorben, aber er hat noch eine Mutter und zwei Schwestern und keine Kinder, auch keine Frau, weil ihm das Geld dazu fehlt. Er liebt die Heringe, Zwiebeln und seine Mutter; seine Schwestern liebt er nicht.

Er hat mir auch von den Maharadschas erzählt. Ich denke mir aus, daß ich bestimmt einen Maharadscha heiraten werde. Die Maharadschas geben mir dann Diamanten so groß wie Eier. Wenn ich so einen Diamanten habe, kann ich alle Hotels in der Welt kaufen, meine Eltern und ich können ohne Sorgen in allen Hotels der Welt aus- und eingehen, wir brauchen nie zu bezahlen und können immer abreisen, wann wir wollen.

Ein Maharadscha hat auch viele Frauen, und das ist gut so. Wenn ein Mann dann verreist, ist man nicht allein, man kann sich mit den anderen Frauen trösten. Ich weiß nicht, ob es erlaubt ist, mehrere Maharadschas zu heiraten. Das wäre am schönsten. Wenn dann auf einmal ein paar weit fort nach Polen fahren würden, hätte man immer noch ein paar andere Maharadschas bei sich. Ich sehe es doch an meiner Mutter, wie schwer es für eine Frau ist, mit einem einzigen Mann auszukommen.

Herr Krabbe ist endlich in unser Lokal am Wasser gekommen. Er sieht dunkelböse aus, wie ein Menschenfresser. Es sind weitere Dichter in Amsterdam eingetroffen, die wachsen Herrn Krabbe übern Kopf, weil sie alle Geld von ihm wollen.

Herr Krabbe hat einen Brief von meinem Vater, darin steht, daß das Reisegeld nicht ausreiche, daß Krabbe sofort noch was schicken müsse, außerdem sei es eine Gemeinheit von Krabbe, einen Gatten künstlich von Frau und Kind getrennt zu halten; augenblicklich habe er in Polen ein bedauernswertes Geschöpf zu trösten. Das bedauernswerte Geschöpf ist Manja.

Herr Krabbe sagt, er halte es für durchaus möglich, daß

mein Vater aus Zerstreuung und Höflichkeit irgendwo noch eine Frau heiraten werde. Meine Mutter solle ihm schreiben, daß Herr Krabbe sich um keine weiteren Familien meines Vaters kümmern werde und ihm auch nicht beistehe, wenn er wegen Bigamie eingesperrt würde.

Bigamie ist genau das, was die Maharadschas tun, aber die dürfen es. Mein Vater darf nur meine Mutter und mich haben. Meine Mutter findet das auch richtig.

Meine Mutter weint. Herr Krabbe kann das Elend nicht mehr mitansehen, er vergißt ganz nach dem Manuskript zu fragen, dafür bestellt er Milch, Kuchen und Kaffee für uns.

Meine Mutter kann Manja nicht leiden. Mein Vater kann sie gut leiden. Als wir vor einem Jahr in Polen waren, hat er sie auch immer getröstet.

Manja ist so schön wie eine Prinzessin in den Märchenbüchern, die mir meine Mutter vorliest.

In Polen im Kaffeehaus wollte ich meine kalten Hände immer vor Manjas Augen halten, dann wären meine Hände warm geworden. Solche Augen hat Manja.

Manja ist die Frau vom Onkel Genek. Eigentlich ist sie meine Tante. Aber sie ist keine richtige Tante. Richtige Tanten funkeln nicht so und riechen auch nicht so gut.

Onkel Genek ist auch kein richtiger Onkel. Er hat so große Ohren, zwischen denen er ganz klein und traurig aussieht. Er läuft auch viel zu schnell, ein richtiger Onkel geht anders.

Wir haben den Onkel Genek vor einem Jahr in Wien getroffen, damals stellte mein Vater eine Verwandtschaft mit ihm her. Der Onkel Genek wollte uns in Polen haben. Es ist uns ja ganz egal, wohin wir fahren, wir müssen nur in einem Land sein.

Mein Vater konnte in Polen auch Vorträge halten, aber da durfte ich nicht dabeisein.

Vorträge finden immer statt, wenn Kinder schlafen.

Ich wollte so gern mal dabeisein, denn es werden tausend Lichter angezündet in wunderbaren Schlössern, viele Menschen kommen, die schön sind und glänzen wie

Abendsterne. Ich denke mir, daß ein Vortrag ein Donner aus Diamanten ist.

Autos holten meinen Vater ab. Meine Mutter hat mich beruhigt und gesagt: mein Vater werde nur sprechen. Da konnte ich ruhig einschlafen, denn ich weiß ja, wie es ist, wenn mein Vater spricht.

Aber warum heißt denn Sprechen manchmal Vortrag und manchmal Sprechen?

Als wir nach Polen kamen, wohnten Manja und Onkel Genek in Lemberg in einem großen kalten dunklen Haus, in dem viele, viele Tantenfrauen auf und ab wogten.

Mein Vater lehnte es ab, auch dort zu wohnen.

Dann sollte ich da wohnen, doch das wollte meine Mutter nicht. Mein Vater hat ja viele Menschen, aber meine Mutter hat nur mich.

Wir zogen in ein kleines Hotel. Davor waren siebzehn dünne Männer mit Marinemützen, die waren nur dazu da, den Gästen die Tür aufzumachen, davon mußten sie leben.

Unser Zimmer war hell wie Sommer, aber als wir aus dem Fenster sahen, bestand die Welt aus Weihnachten.

Ich habe meine Mutter gefragt, ob wirklich alles Schnee sei. Sie hat gesagt: »Ja.«

Ich konnte es gar nicht glauben.

Vom Himmel kam Schnee. Die ganze Erde war voll Schnee und hat geglänzt, Sterne leuchteten aus den Häusern, Tannenbäume standen auf einem großen Platz, in der Mitte stand der liebe Gott, der über alles wachte, als große dunkle Säule. Mein Vater hat gesagt: Es ist nicht der liebe Gott, es ist ein polnischer General.

Aber das war nur am Tag wahr, abends war es doch wieder der liebe Gott.

Die ganze Erde war weiß. Ich habe mich gefreut. Schlitten mit Weihnachtskrippenstroh sind vorbeigefahren, andere Schlitten haben geklingelt.

Ich bin heimlich schnell runtergelaufen und habe mich in den Schnee gestürzt.

Manchmal wurde der Schnee ganz glatt. Meine Mutter ist einmal mitten auf der Akademizki hingefallen. Ein marschierendes Soldatenregiment hat sie aufgehoben. Danach wurden ihr Gummischuhe gekauft. Sie ging aber immer mit ganz kleinen ängstlichen Schritten, so wie die Tanten aus dem dunklen Haus gingen.

Es gibt keine Taxis in Lemberg. Wir haben nur eins gesehen, aber das war kaputt. Darum sind wir mittags immer mit einem Schlitten ins Café Roma gefahren.

Da haben alle Männer meiner Mutter die Hand geküßt und sie schön gefunden. Mein Vater sammelte Menschenmengen um sich am Tisch, alle tranken grünen Schnaps, so grün wie die Verkehrslichter in Brüssel und Amsterdam. Die Männer hatten schwarze Stoffklappen auf den Nasen und auf den Ohren, weil eine große Kälte menschliche Gliedmaßen abfrißt. Also ich glaube, daß nur Männer angefressen werden, denn die Frauen dort haben nie schwarze Klappen im Gesicht gehabt, und nie habe ich welche ohne Nasen und Ohren gesehen.

Meine Mutter konnte Polnisch nicht aussprechen. Deshalb mußte ich Polnisch lernen. Ich habe mich mit dem Kind von der Klosettfrau im Roma angefreundet und mit einem Mann, der in der Nähe von unserem Hotel stand und heimlich Feuerzeuge verkaufte.

Die polnische Regierung ist nämlich gegen Feuerzeuge. Ich habe dem Mann manchmal geholfen, die Leute anzuflüstern, und wenn sie nichts kauften, haben wir uns gemeinsam geärgert.

Man lernt in einem neuen Land zuerst immer Worte, die mein Vater unanständig findet, die ich nicht aussprechen darf. Doch es ist schade, wenn man von den wenigen Worten, die man hat, welche abgeben soll. Dabei werden die Leute immer dann nett und fröhlich, wenn ich unanständige Worte sage.

Herr Krabbe hat mir jetzt in Amsterdam auch ein unanständiges holländisches Wort verboten, da habe ich mit ihm gesprochen.

»Herr Krabbe, ist meine Spucke anständig, solange sie in meinem Mund ist?

»Ja.«

»Herr Krabbe, ist meine Spucke unanständig, wenn ich sie hier auf den Tisch spucke?«

»Jawohl. Die Spucke und du.«

»Herr Krabbe, ist es unanständig, wenn ich Spucke sage?«

»Vielleicht wäre Speichel besser.«

»Ist Speichel dasselbe wie Spucke?«

»Ja.«

»Herr Krabbe, wenn ich meinen Speichel auf den Tisch spucke, ist er dann auch unanständig?«

»Ja.«

»Herr Krabbe, wenn mein Speichel auf dem Tisch unanständig ist, und wenn das Wort Speichel anständig ist, warum ist denn dann überhaupt ein Wort unanständig?«

»Verdammt noch mal, ich habe genug. Meinetwegen kannst du soviel unanständige Worte sagen, wie du willst.«

»Herr Krabbe, warum ist gespuckter Speichel eigentlich unanständig?«

»Er ist überhaupt nicht unanständig, du bist unanständig, Spucke gehört nicht auf den Tisch, weil sie ihn schmutzig macht. Außerdem ist es eine Schweinerei.«

»Herr Krabbe, bei gespuckter Spucke bin ich unanständig, aber bei gesagter Spucke bin ich nicht unanständig, denn dann ist es doch nur ein Wort.«

»Ach Gott, Kind! Nur ein Wort! Was weißt du von Worten!«

»Ich weiß doch so viele unanständige Worte, Herr Krabbe.«

Wir haben in Polen viel rote Suppe gegessen, weißes Hühnerfleisch, manchmal durfte ich auch süßen geschmolzenen Honig trinken, der hieß Met. Dann war ich so glücklich wie eine Wolke.

Die Akademizki ist eine Straße, breit und weiß mit nackten schwarzen Bäumen und auf und ab laufenden Menschen. Meine Mutter nennt so etwas eine Promenade. Männer waren dabei, die hatten Pelzmützen auf.
Manchmal eilten Männer vorbei, die hatten ihr Gesicht in Bärte und Haare einwachsen lassen, aber nicht wegen der Kälte, sondern um jüdisch zu sein und den lieben Gott zu erfreuen.
Das hat mir der Onkel Genek gesagt.
Ich weiß nicht, ob es wahr ist. Manchmal werde ich auch angelogen.
Ich glaubte ja, daß der liebe Gott es liebt, wenn Menschen viele Haare haben. Und ich wußte nun auch, warum mein Vater nie eine Glatze haben wollte, und die Mutter Gottes hat auch viele Haare.
Am Nachmittag mußte ich bei den dunklen Tanten sein in dem dunklen Haus. Sie haben mich nach meiner Mutter gefragt. Ich habe gesagt: »Sie will Gott erfreuen.«
Am Abend fragten mich die dunklen Tanten und mein Vater: »Warum hast du gelogen, du wußtest doch, daß deine Mutter nicht in der Kirche war, sondern beim Friseur?«
»Sie war doch in der Kirche.«
»Kully! Hat deine Mutter dir gesagt, sie ginge zur Kirche?«
»Aber der Friseur reibt ihr doch immer die Haare ein, damit sie wachsen.«
Sie haben mich gar nicht verstanden, ich konnte gar nicht mehr sprechen, weil auf einmal die Worte sich in meinem Kopf versteckten. Alle dachten, ich lüge oder habe Fieber. Ein Arzt sollte auch kommen. Meine Mutter war doch in der Kirche, ich habe nicht gelogen.
Es gibt immer Geheimnisse.
Ich habe auch ein Geheimnis, weil ich in der polnischen Kälte Himbeereis machen wollte, dabei sind sieben Gläser kaputtgegangen.
Das kam so: ich durfte in meinem Zimmer Himbeerwasser haben, weil ich Fieber hatte.

Das Himbeerwasser habe ich gesammelt, dann habe ich heimlich aus allen Hotelzimmern, die offen waren, Gläser geholt. Ich wollte so furchbar gern Himbeereis machen. Ich habe sieben Gläser mit Himbeerwasser gefüllt, ich habe die Gläser außen aufs Fensterbord gestellt, denn die Nacht macht ja alles zu Eis.

Am Morgen hatte die Nacht meine Gläser kaputtgemacht.

Ich wollte gar nichts sagen davon, Menschen glauben ja nie, daß was von selbst kaputtgegangen ist, alle hätten ja gedacht, daß ich lüge.

Immerhin hatte ich rosa Eis. Man konnte es nicht richtig essen, aber es war so schön. Ich wollte es verkaufen und meinem Vater dann das Geld geben für die Gläser, die kaputtgegangen waren.

Aber dann wollte ich es doch lieber essen, es schmeckte nur leider nicht so gut, wie ich gedacht hatte. Ich habe die einzelnen Stücke der Sonne entgegengehalten, da schmolzen sie langsam wie glühende rosa Diamanten.

Mein ganzes Bett wurde naß, ich stand auf, setzte mich auf einen Stuhl und hörte auf, krank zu sein.

Meine Eltern sind mit dem Doktor gekommen. Dem habe ich gleich gesagt: »Ich habe sieben Gläser kaputtgemacht.« Er hat meinen Kopf angefaßt und gesagt: »Sie ist wieder vollkommen gesund und fieberfrei.«

Danach hat mein Vater mich geküßt.

Meine Mutter hat die zerbrochenen Gläser in den Papierkorb geworfen.

Hoffentlich friert mein Vater jetzt nicht in Polen. Vielleicht kauft ihm Onkel Genek einen Mantel.

Unsere Wintermäntel sind nämlich in Salzburg im Pfandhaus.

In Salzburg bin ich auch beinahe durch den Herzog von Windsor gestorben.

Als wir aus Polen fortfuhren, hatten wir die Mäntel noch. Dann fuhren wir nach Salzburg.

Es kam Sonne und warme Luft, der Schnee auf den Bergen war weit fort.

Wir konnten froh sein, daß wir in Salzburg waren.

In Lemberg hatte es keinen Schnee mehr gegeben, alles war dunkel und grauer Matsch.

Meine Mutter hatte sich auch zuletzt in Lemberg noch furchtbar geärgert.

Wir sind mit einer Tante bis zum jüdischen Markt gegangen, durch Blech und rostiges Eisen. Der ganze Markt war rostiges Eisen, der Himmel war gelb. Und alles war zerbrochen. Zerbrochene Betten, zerbrochene Kinderwagen, zerbrochene Räder von Kinderwagen, zerbrochene Lampen, zerbrochene Schrauben. Alles war rostig, auch die Menschen waren zerbrochen und rostig.

Da sahen wir meinen Vater mit Manja durch den Rost gehen.

Manja trug rote Rosen in der Hand.

Mein Vater kaufte sechs rostige Nägel, drei rostige Nägel gab er Manja. Sie lachte, ihr Gesicht leuchtete rosa unter ihrer Mütze aus grünem Lack.

Mein Vater sah ernst aus. Zuerst sah er Manja an, dann meine Mutter . . .

Meine Mutter wollte nicht, daß mein Vater Manja rostige Nägel schenkt, sie hat ihm gesagt, er solle seine drei rostigen Nägel fortwerfen. Mein Vater hat geantwortet: »Rostige Nägel bringen Glück.«

Ich habe jetzt schon im ganzen dreißig rostige Nägel, aber nicht gekauft, sondern von alten Klosettüren losgemacht. In meiner Sammlung sind auch alte Riegel von Klosettüren, ich weiß nicht, ob die auch einen Wert haben.

Meine Mutter wollte fort.

Mein Vater wollte auch fort, er will immer fort. In einer Frühstücksstube hat er viel braunen Nußschnaps getrunken, der ihn vergiften kann. In den Frühstücksstuben wurde überhaupt nicht gefrühstückt, sondern mittags und abends wild gegessen, tausend bunt belegte Brötchen überfüllten das Lokal, das zu klein war.

Onkel Genek und die Tanten hatten uns nicht mehr so gern. Der Winter war abgelaufen, alles war abgelaufen, unser Visum war auch abgelaufen.

Wir sind ohne Geld abgefahren.

Die Verwandten hatten uns einen kleinen braunen Koffer mitgegeben. Wir haben uns sehr bedankt.

Tag und Nacht mußten wir fahren, um von Lemberg nach Salzburg zu kommen. Wir hatten Hunger und öffneten den kleinen Koffer. Ich konnte es gar nicht erwarten zu sehen, was drin war. Mein Hals wurde ein endlos langer Schlauch vor Hunger.

Die Nacht streute Sternenlichter in unser Abteil, ich wollte essen, wir wollten alle essen.

Doch in dem Koffer waren nur Ketten von getrockneten Pilzen, die konnten wir nicht essen.

Sie sahen auch nicht schön aus, auch nicht um den Hals gehängt.

Meine Mutter sagte leise, die Pilze halten sich, sie könne später einmal Suppe aus ihnen kochen.

Wir kamen sehr müde und hungrig in Salzburg an.

Wir hatten uns vorgenommen, lustig zu sein. Männer wollten kommen und meinem Vater Geld geben. Sie hatten vor, seine Bücher zu verfilmen.

Ich war auch mal im Kino, da habe ich Shirley Temple gesehen. Das ist ein kleines Mädchen, schön und arm, aber es geht ihm nicht schlecht. Mein Vater hat gesagt: »Dieses Kind hat Millionen.« Millionen ist so viel! Wenn man ein Geldstück auf die Erde legt und immer mehr Geldstücke drauf, und noch mehr bis das Geld an den Himmel anstößt – dann hat man eine Million.

Ich kann ja überall herumspringen und lustig sein, dazu brauche ich kein Geld. Aber Erwachsene brauchen Geld, wenn sie lustig sein wollen. Darum haben sie es viel schwerer als ein Kind.

Wir wollten im Café Bazar sitzen und die bunten Engländer sehen mit den Tiroler Hüten. Alle Tiroler in Salzburg sind Engländer.

Meine Mutter hatte keine Lust, ins Café Bazar zu gehen. Sie wollte am Fluß über Wiesen wandern, aufgeblühte Sträucher anfassen und auf einer Bank sitzen.

Meine Mutter und ich sitzen oft auf einer Bank. Dann machen wir den Mund auf, so daß die Sonne hineinscheint; dann essen wir Sonne und fühlen in unserem Bauch ein warmes glückliches Leben.

Mein Vater wollte keine Sonne essen. Er wollte lieber im Café Bazar sitzen und Sliwowitz trinken, weil er davon wärmer wird als von der Sonne.

Wir standen auf einer Brücke, der Fluß sah so fröhlich aus. Meine Mutter ist auf einmal fortgelaufen zu den weißen Bergen und zu einer Freundin, die wartete auf sie im Café Glockenspiel.

Mein Vater kann keine Glockenspiele leiden. Er ist mit mir ins Café Bazar gegangen. Solange noch viel Eis auf den Bergen ist, gibt es in den Cafés kein Eis. Dafür durfte ich Linzer Torte essen. Mein Vater hat ganz süßen schwarzen Kaffee getrunken und viel Sliwowitz, der nach Pflaumen riecht. Wir haben auf bekannte Schauspieler und Filmmänner mit Geld gewartet.

Gekommen ist niemand von ihnen, nur ein Kellner, der wollte Geld von meinem Vater.

Ich mußte warten. Mein Vater ging fort, er wollte unsere Mäntel aus dem Hotel holen und sie mit einem Dienstmann ins Pfandhaus bringen. Ich mußte am Fenster sitzen und Bilder in einer Zeitung ansehen. Dabei werde ich immer so müde, wenn ich allein und ruhig sitzen muß. Plötzlich schlafen meine Augen ein.

Auf einmal war alles ganz schrecklich. Leute warfen meinen Tisch um und mich auch, mein Gesicht lag in schmutziger Asche, über mir drängten sich Menschen wild ans Fenster und quetschten mich.

Ich habe mich gar nicht mehr bewegt, auch nicht geweint, weil ich geglaubt habe, ich sei totgetreten. So viel Schuhe waren um mich.

Dann waren die Schuhe fort, der Kellner stellte den Tisch auf, fand mich dabei und stellte mich auch auf. Zuerst schrie ich, ich wollte nicht aufgestellt werden, weil auf einmal wieder Menschen angerannt kamen.

Sie wollten mich auf einen Stuhl setzen und mich anfas-

sen. Sie brachten mir Kuchen. Aber ich habe mich ge-
wehrt, habe getreten und gespuckt und mit dem Kuchen
nach den Menschen geworfen.

Mein Vater ist gekommen, ich habe ihn erkannt. Er hat
gerufen: »Um Gottes willen, was ist los?«

Ich habe geschrien: »Sie haben mich totgetreten.«

Er hat mich auf den Schoß genommen. »Bist du verletzt,
tut dir was weh?«

»Nein, ich bin tot, sie haben mich totgetreten.«

»Kully, du lebst doch, du bewegst dich doch, was willst du
mit dem Kuchen?«

»Ich will die Leute damit totwerfen, sie haben mich
totgetreten.«

Ich war tot, mein Vater glaubte es nicht. Tische tanzten
und Bäume kamen, ich wollte sie kaputtmachen, Eisen
war in meinen Händen – und dann bin ich geflogen, weit
fortgeflogen.

Gegenüber vom Café Bazar ist ein Geschäft mit Dirndl-
kleidern, Lodenmänteln und Lodenhosen. Da ist der Herzog von Windsor hineingegangen und wollte was kaufen.
Alle Leute wollten den Herzog von Windsor sehen, darum sind sie gerannt. Mein Unglück war, daß ich gerade
am Fenster saß.

Später hat mir mein Vater mal den Herzog gezeigt.

Es ist gar nichts an ihm zu sehen. Ich verstehe die Menschen nicht, daß sie seinetwegen Kinder umwerfen. Früher war er mal ein König, eigentlich gehört er nach England.

Von dem Geld, das mein Vater für die Mäntel bekommen
hat, wurde der Dienstmann bezahlt. Abends konnten wir
auch noch davon ins Augustinerbräu gehen, in den steinernen Straßen des Klosters Radieschen und Salzbrezeln
kaufen und an dem Brunnen mit Bier große Krüge füllen.
Ich habe nichts getrunken, ich durfte nur die Krüge tragen und in dem großen Saal zwischen den Tischen singend
umherlaufen.

Meine Mutter hat sich geärgert, daß mein Vater die Män-

tel fortgebracht hat. Dabei war es dumm von meinem
Vater, daß er meinen Mantel nicht auch fortgebracht hat,
denn der wurde später in Buchs an der Grenze gestohlen.
Wir können auch nie mehr nach Salzburg zu den Män-
teln, weil da jetzt auch eine neue gefährliche Regierung ist.

Darum sind meine Mutter und ich jetzt in Amsterdam.
Doch da müssen wir auch fort, denn die Polizei erlaubt
uns nicht mehr hierzusein, weil unser Stempel nicht mehr
gilt. Mein Vater ist immer noch nicht da.

Einmal hat uns Herr Krabbe Geld gegeben, doch nicht
genug. Wir konnten das Hotel nicht ganz bezahlen.

Die holländische Königin hat ein Jubiläum, Amsterdam
bereitet ihr einen Karneval.
Die Stadt flattert gelb. Alle Menschen machen Musik, ein
Mann stand vor unserem Hotel und hat Feuer gefressen,
das habe ich gesehen.

Bald ist Weihnachten, was soll ich meiner Mutter schenken?
Meine Mutter will manchmal sterben, dann hat sie Ruhe
und keine Angst mehr. Aber sie weiß nicht, was dann aus
mir werden soll.
Ich will noch nicht sterben, weil ich noch ein Kind bin.
Meine Mutter möchte Zimmermädchen sein und arbeiten, damit sie Geld verdient. Aber die Länder erlauben ihr
nicht, daß sie ein Zimmermädchen ist.
Die Welt ist dunkel geworden, denn es gibt Regen und
Krieg.
Herr Krabbe weiß alles vom Krieg. Krieg ist etwas, das
kommt und alles totmacht. Dann darf ich nirgends mehr
spielen, und immerzu fallen Bomben auf meinen Kopf.
Herr Krabbe kommt gar nicht mehr.
Ich bin mit seinem Fahrrad in eine Gracht gefahren, aber
nur das Fahrrad ist reingefallen. Die Grachten haben
nämlich kein Geländer, da passiert so was leicht. Es war

so eine schöne Gracht am Rembrandtsplein, schöne Blumenkähne sind auf ihr geschwommen wie Gärten auf dem Wasser.

Ich bin froh, daß ich nicht auch reingefallen bin. Ich habe einmal eine schwimmende Ratte gesehen in einer Gracht am Bahnhof. Die Ratte war eine Hexe und wollte mich haben.

Herr Krabbe hat es auch besser gefunden, daß das Rad ohne mich reingefallen ist, aber sonst hat er sich nicht gefreut.

Meine Mutter liegt im Bett, weil sie krank ist. Sie will nicht mehr mit mir schlafen, sondern nachts auf der Erde liegen, damit ich mich nicht anstecke. Sie hat mich aber noch lieb.

Ich möchte so furchtbar gern einmal in meinem Leben auf der Erde schlafen, ich sitze ja auch immer auf der Erde. Wir haben einen grauen Teppich im Zimmer, so weich wie eine nackte Wiese.

Wenn das Telefon klingelt, muß meine Mutter aufstehen und in ihrem blauen Nachthemd bis zum anderen Ende vom Zimmer gehen. In Amsterdam sind die Telefone nicht im Bett.

Ich habe Herrn Flens gefragt, der hat es mir erklärt. Leute wollen oft, daß sie geweckt werden morgens, darum soll das Telefon klingeln. Und die Leute sollen nicht einfach den Hörer nehmen und liegenbleiben, sie sollen raus aus dem Bett.

Herr Krabbe hat gesagt, die Hotels würden jetzt was erfinden, daß die Leute von der Decke runter mit kaltem Wasser begossen würden.

Uns ist das egal, wir brauchen nie geweckt zu werden, wir können immer schlafen.

Meine Mutter liegt so still und heiß. Sie sagt: alles ist aus. Ich habe mich zu dem alten Liftmann gesetzt mit der rosa Jacke. Wir haben uns gefragt: »Was soll man tun?«
Meine Mutter wollte nämlich gar kein Spiel mehr mit mir

spielen. Sonst spielen wir immer: In wieviel Betten hast du schon geschlafen? Oder:Mit wieviel Zügen bist du schon gefahren? Oder: Wieviel gute Freunde hast du auf der Welt?
Wir nehmen dann jeder ein Blatt Papier und einen Bleistift und schreiben – jeder für sich. Und wer am meisten hat, hat gewonnen. Meine Mutter hat dreimal einen Zug von Prag nach Budapest vergessen und einen Zug von Lemberg nach Warschau, wo wir mit Manja zusammen gefahren sind. Dann hat sie das Bett in Brügge vergessen, das aus Eisen war und goldene Knöpfe hatte und in dem wir so eng zusammenliegen mußten, daß wir gar nicht mehr wußten, wer ich ich war und wer meine Mutter war. Unter uns war eine Gaststube, da tanzten Menschen, wir dachten, unser Bett würde auch tanzen oder der Fußboden würde aufbrechen, alles Lachen und Schreien käme in unser Zimmer.
Unser Fußboden war für die Leute unter uns nicht der Fußboden, sondern eine Zimmerdecke.
Es war kalt. Mein Vater hat auf unserem kleinen Bett gesessen, manchmal auch auf meinem Bein und hat Rotwein verschüttet.
Wir wollten damals nach Ostende, doch unser Fahrgeld hatte nur bis Brügge gereicht, und mein Vater wollte dort die Kirchen sehen, die sterbende Ruhe und das eingezauberte Leben.

Der alte Liftmann sagt: »Wir müssen deinem Vater telegrafieren.« Er leiht mir das Geld für das Telegramm.

Jetzt gehe ich zur Hauptpost, ich kenne den Weg.
So viele Menschen stehen überall, weil die Königin herumfährt. Ich möchte sie gern sehen, vielleicht hat sie eine große Krone auf.
Aber ich habe keine Zeit.
Auf der Straße liegt ein großer Schäferhund mit einem Bettler. Dem Schäferhund ist das Bild von der Königin auf den Rücken geschnallt. Sie trägt eine Krone.

Ein Mann hat sein Gesicht weiß bemalt. Er kriecht auf der Erde herum, dafür geben ihm die Leute manchmal Geld. Ich darf das Geld für das Telegramm nicht verlieren. Auf der Erde könnte ich auch herumkriechen. Überall sind Stände mit Trauben, Pfirsichen, Orangen und Kuchen. Ich möchte so furchtbar gern was kaufen. Viele Menschen betteln, weil sie auch kein Geld haben. Am Damrak steht ein roter kleiner Kasten, da wippen Puppen hin und her und sprechen, das ist ein Theaterstück. Weit fort rufen und schreien Menschen, da fährt jetzt die Königin. Kleine Pferde ziehen Wagen mit großen Schränken aus Gold und Edelsteinen. Daraus kommt Musik. Überall ist Musik. Am schönsten sind die braunen Pferde, die gegenüber von der Post stehen. Sie gehören den Soldaten. Ich glaube, die Tiere dürfen nicht gefüttert werden. Ein Pferd hat ein rosa Pflaster am Bein. Vielleicht war es wild und ist hingefallen, ich möchte gern mal nah rangehen. Ich bin auch schon oft hingefallen, meine Mutter hat mich dann verbunden. Gegenüber von der Post ist ein Schilderhaus, davor steht ein Pferd mit einem Soldaten drauf. Das Schilderhaus ist so groß, daß das Pferd mit dem Soldaten drauf reinkann. Ich habe selbständig telegrafiert. Der Beamte hat mir dabei geholfen. Jetzt weiß mein Vater, daß wir ohne ihn krank sind und sterben müssen.

Ich glaube, ich habe etwas Schlimmes getan, aber sie sind so süß – die beiden Meerschweinchen. Vielleicht freut sich meine Mutter auch und wird gesund. Ich hatte noch Geld übrig von dem Telegramm. Als ich aus der Post kam, stand da ein ganz armer Junge, der hatte ein weißes Meerschweinchen, dazu noch ein braunes mit schwarzen Tupfen. Er zeigte sie allen Leuten und bekam dann manchmal Geld. Ich wollte die Tiere so furchtbar gern haben. Ich habe dem Jungen alles Geld dafür gegeben, das ich noch hatte.

Der Junge hat sogar gesagt, sie bekommen noch Kinder. Dann habe ich eines Tages hundert Meerschweinchen, davon kann ich welche verkaufen. Wir werden endlich Geld haben.

Jetzt schläft meine Mutter. Ihr Gesicht ist wieder wie immer.

Etwas Schreckliches ist passiert. Meine Mutter war auf einmal nicht mehr meine Mutter. Ich dachte, sie sei der Krieg und eine Bombe und zerspringt.

Ich kam ins Zimmer, sie sprang aus dem Bett, schrie und gab mir eine Ohrfeige.

Sie sprach ganz schnell und heiß und wild, ich konnte gar nicht sagen, warum ich so lange fort gewesen bin.

Sie dachte, meine Meerschweinchen seien Ratten, erklären ließ sie sich nichts.

Sie flog an die Wand zum Telefon, sie telefonierte mit allen Leuten, die wir kennen, und war böse zu ihnen, ihre Augen wurden immer größer und schwärzer.

Ich habe nicht geweint, ich hatte nur Angst.

Sie hat auf alle Klingelknöpfe im Zimmer gedrückt, das Zimmermädchen angeschrien, auch den Kellner. Der Kellner sollte furchtbar viel Essen bringen, Wein und Zigaretten.

Sie wollte rauchen, sonst raucht sie nie.

Sie wollte sterben, dann hat sie wieder telefoniert und geschrien.

Ihre Lippen zitterten, ihre Augen wurden immer wütender.

Ich saß unterm Schreibtisch, sie konnte mich nicht sehen.

Eine Schildkröte kroch an ihr vorbei, meine Mutter griff hastig nach ihr.

Ich wollte schreien – ich dachte, meine Mutter wolle die Schildkröte wütend aus dem Fenster werfen oder an die Wand.

Auf einmal sah meine Mutter die Schildkröte in ihrer

hochgehobenen Hand an, ihr Gesicht wurde klein und müde. Sie setzte die Schildkröte ganz sanft auf den Boden, fiel auf das Bett und schlief sofort ein.

Nun hatte ich keine Angst mehr, ich habe meine Mutter zugedeckt, damit sie sich nicht noch mehr erkältet.

Meine Meerschweinchen sind unter den Schrank gekrochen. Ich möchte gern mit ihnen spielen, doch ich will sie nicht stören, sie sollen Kinder kriegen.

Der Herr Fiedler hat mal gesagt, man müsse Tiere allein und in Ruhe lassen, wenn sie Kinder kriegen sollen. Warum kriegen meine Schildkröten eigentlich keine Kinder, sie sind doch so oft allein?

Meine Mutter schläft noch immer. Ich bin ganz leise.

Ich habe laufende Silberkugeln auf dem Teppich, sie lassen sich nicht in die Hand nehmen, es sind die schönsten silbernen Käfer der Welt.

Vorher waren sie im Fieberthermometer, das hat auf dem Nachttisch gelegen.

Immer wenn so ein Thermometer da ist, sind Menschen krank.

Ich wollte das Thermometer kaputtmachen, ich wollte auch sehen, was drin ist und warum es sich von unten aus bewegt, und dann ist es mir aus Versehen zerbrochen – ich habe mich ein ganz kleines bißchen dabei geschnitten.

Auf einmal lief das silberne Fieber in kleinen Kugeln auf dem Teppich herum.

Jetzt wird meine Mutter wieder gesund, jetzt weiß ich, was Fieber ist. Jetzt hat der Teppich Fieber, wir haben nie mehr Fieber, und ich kann mit den silbernen Fieberkäfern spielen.

Alles ist schön, bald kommt mein Vater wieder.

Meine Mutter schläft, ihr Haar ist aus Gold, rosa Gold scheint ins Zimmer, vielleicht bin ich jetzt auch aus Gold.

Draußen fahren Straßenbahnen und Motorräder. Wenn ich die Augen zumache, sind sie im Zimmer.

Unser Tisch ist ein Restaurant geworden. Vorhin hat der Kellner ihn weiß gedeckt und Wein draufgestellt, und Gläser und Teller und soviel Essen.

Meine Mutter hatte es gewollt, getrunken hat sie nichts, auch nichts gegessen. Sie schläft, sie war verändert.

Das ganze Essen auf dem Tisch mag ich nicht. Vielleicht würde es meinen Meerschweinchen schmecken?

Ich möchte furchtbar gern mal unter dem Schrank nachsehen, ob sie schon Kinder bekommen haben.

Aber ich tue es lieber nicht, weil sonst vielleicht dasselbe passiert wie mit den Feuerbohnen. Einmal habe ich Feuerbohnen in einen Topf voll Erde getan, daraus sollten feurige Blumen wachsen.

Dann habe ich immerzu die Erde aufgebohrt, weil ich sehen wollte, wo die Blumen sind. Dadurch habe ich die Feuerbohnen so gestört, daß nie Blumen gekommen sind.

Da hat meine Mutter mir gesagt: »Immer muß man warten können und Geduld haben, keine Entwicklung darf man stören, alles muß von selbst kommen.«

Alles muß von selbst kommen. Ich will meine Meerschweinchen in Ruhe lassen, und ich will meine Mutter nicht wecken.

Unter dem Bett von meiner Mutter liegt eine wunderschöne bunte Karte. Sie ist von meinem Vater und riecht nach meinem Vater. Er schreibt: ›Ich küsse Euch, habt Geduld, habt Mut.‹

Und darunter schreibt Manja: ›Herzliche Grüße‹.

Als meine Mutter aufwachte, war sie gesund. Ihre Augen waren wieder weich und blau, ihre Stimme flog wie ein weicher leiser Wind durch das Zimmer.

Sie fragte mich: »Mit wieviel Menschen habe ich gesprochen, zu wie vielen Menschen war ich böse? Ach, Kully, in mir war der Teufel!«

Man kann in paar kurzen Minuten schrecklich viele Menschen beleidigen und dafür sorgen, daß sie böse sind. Um sie dann wieder gut zu machen, braucht man viel länger Zeit. Manchmal werden sie überhaupt nicht mehr gut.

Meine Mutter telefoniert. Sie schreit nicht mehr, sie telefoniert ganz sanft, alle Menschen sollen wieder gut sein. Vorhin hat sie Herrn Krabbe beleidigt und drei Dichter, die uns manchmal besuchen. Außerdem die alte Frau Brühl, bei der wir manchmal Kaffee trinken.

Zu mir war sie auch böse, sie hat mir eine Ohrfeige gegeben, aber ich bin ja ihr Kind, ich gehöre ihr.

Sie telefoniert und lockt sich die Haare. Sie telefoniert und zieht sich das Kleid an aus schwarzer Seide mit weißen Spitzen. Sie telefoniert und pudert sich. Sie glänzt und leuchtet und riecht nach Veilchen. Sie küßt mich mit viel Kraft und ist wieder verändert. »Ich will leben, Kully, mein süßes Kind, ich liebe dich – hast du mich lieb?«

Ich liebe meine Mutter ja immer, ich habe nur etwas Angst um sie.

Meine Mutter holt meine Meerschweinchen unter dem Schrank hervor, sie haben noch keine Kinder.

Viel Essen ist auf unserem Tisch, auch Salat.

Unsere Meerschweinchen sollen alles fressen, was sie wollen.

Meine Mutter will die Meerschweinchen füttern, aber sie sind müde und wollen lieber schlafen und sterben. Sie liegen auf unserem gedeckten Tisch mit ihrem seidenen Fell. Sie essen nichts, vielleicht sind sie tot, vielleicht bekommen sie Kinder. Man muß sie in Ruh' lassen.

Im Haar meiner Mutter fliegt ein schwarzer Vogel, das ist ihr Hut. Sie ißt nicht, sie trinkt ein Glas Wein. Die Meerschweinchen bewegen sich nicht. Ich wollte sie ja nicht stören, ich lege sie wieder unter den Schrank und gebe ihnen Salatblätter, vielleicht werden sie wieder lebendig.

Meine Mutter will fortgehen und sagt: »Warte auf mich.«

Sie küßt mich. Ihr Mund ist so weich, so offen wie ein aufgeschlagenes Bett. Ich will aber noch nicht schlafen.

Meine Mutter steht an der Tür. Sie hält in der Hand ein Blatt Papier, ein Telegrammformular.

»Ich habe ja schon telegrafiert, Mama«, sage ich. Meine Mutter sieht mich an, als verstehe sie mich nicht, dann

gibt sie mir mit einem Ruck das Telegramm und sagt:
»Nein, ich will doch nicht, zerreiß es, Kully.« Und sie geht
ganz schnell fort. Das Telegramm ist an Emile Jeannot,
meine Mutter hat telegrafiert: »Ja, kommen Sie.«
Auf dem Kopfkissen von meiner Mutter liegen ein Brief
und eine Photographie. Die Photographie ist von einem
Mann, den ich nicht kenne. Er ist wie ein richtiger Onkel,
aber gar nicht schön. Er hat traurige Augen, vielleicht war
er auch nur müde.
Ich bin auch immer so müde, wenn ich zum Photogra-
phieren muß, und kann es auch nicht leiden.
Ich kenne nur die Menschen, mit denen meine Eltern am
Tag verkehren.
Nachts treffen meine Eltern auch noch viele Menschen,
die ich nicht sehe, weil ich schlafe.
Ich weiß nicht, ob ich den Brief und das Bild zerreißen
soll.
Der Mann schreibt an meine Mutter auf französisch.
Konnte sie es denn lesen? Sonst soll ich ihr immer alles
übersetzen.
Und er schreibt: ›Madame, ich habe Sie nicht vergessen.
Entsinnen Sie sich, wie wir vor fast einem Jahr hier in
Paris bei Viking saßen und Champagne nature tranken?
Sie waren schön, Sie waren fröhlich. Ihr Gatte war nach
Boulogne gefahren und hatte Sie meinem Schutz vertraut.
Ich hoffe, Madame, daß ich Sie nicht gelangweilt habe?
Vor ein paar Tagen traf ich einen gemeinsamen Freund,
der aus Amsterdam kam. Er hat Sie gesehen. Sie sind
allein, Madame, und betrübt? Wenn Sie einen Freund und
einen Diener brauchen, Madame – ‹

Meine Mutter ist gekommen und hat mir den Brief fortgenommen. Sie hat rote Backen, und sie hat lebendige rosa
Nelken an ihr Kleid gesteckt.

Meine Mutter sagt, Herr Jeannot sei auch ein Freund von
meinem Vater, und ich frage sie: »Ist er auch ein Dichter?«
Meine Mutter sagt ja, aber er schreibe fast nie Romane,

sondern nur Gedichte. Er sei aber auch Franzose und habe eine französische Fabrik.

Ich habe so gern Fabriken, in denen Räder schnurren. Wir kennen leider fast gar keine Leute mit Fabriken.

Es gibt so viele Fabriken. Einmal habe ich eine Zigarettenfabrik gesehen. Bücher werden auch in Fabriken gemacht, sie müssen nur vorher geschrieben werden.

»Was für eine Fabrik hat denn Herr Jeannot, Mama?« »Ach, frag nicht immer soviel, Kully«, sagt meine Mutter, »eine Sargfabrik hat er.«

Wenn Herr Jeannot mit meinem Vater befreundet ist, würde er uns vielleicht Särge aus seiner Fabrik schenken. Aber was sollen wir damit anfangen?

Aber wenn wir sterben, werden wir in den Särgen vielleicht umsonst begraben.

Wo bleiben eigentlich alle toten Menschen, die kein Geld haben?

Meine Mutter hat gesagt, Vögel und andere Tiere sterben auch. Wo bleiben denn alle toten Vögel? Ich kenne einen so großen Wald, da haben viele Vögel gesungen, aber nie habe ich einen toten Vogel herumliegen gesehen.

Auch die weißen Möwen sterben und werden nicht begraben. Wo sind denn nur alle toten Möwen und Tauben? Vielleicht fliegen sie so hoch, daß sie nicht mehr runterkönnen und tot in den Wolken liegen.

Viele Tiere, die sterben, werden ja von den Menschen gegessen. So sind sie wenigstens untergebracht.

Ein Telegramm ist von meinem Vater gekommen, er ist fast schon in Holland. Er ist in Belgien.

Die Holländer lassen ihn nicht rein, weil er keine hohen Geldsummen vorzeigen kann. Überhaupt wollen sie keine geflüchteten Leute mehr haben.

Meine Mutter und ich dürfen auch nicht mehr hiersein. Wir können aber auch nicht nach Belgien zu meinem Vater, weil wir kein belgisches Visum haben.

Mein Vater hat auch einen ganzen Haufen Leute aus Prag und aus Polen mitgebracht, weil die Leute dort in Angst leben. Die Angst ist auch hier bei uns.

Ich wünschte, wir hätten meinen Vater wieder. Wenn mein Vater in Belgien bis zur Grenze fahren würde und wenn wir hier in Holland bis zur Grenze fahren würden, dann könnten wir uns vielleicht mal sehen und winken? Herr Krabbe sagt, wenn jetzt ein Krieg kommt, werden wir alle eingesperrt und totgeschossen.

Viele Menschen kommen zu uns in die Hotelhalle. Wir haben sie in Österreich kennengelernt, in Prag, in Polen. Auf einmal sind sie fast alle hier in Amsterdam und weinen manchmal und sagen: »Ihr habt es gut.«

Dann fängt auch meine Mutter an zu weinen.

Vor dem Hotel ist das große Café, da sitzen die Menschen im Freien auf blonden Stühlen und trinken Kaffee. Der Rasen ist so grün, alles leuchtet.

Straßenbahnen unterhalten sich mit den Autos, glänzen und tuten und klingeln. Es ist so warm geworden, wir brauchen keine Decken und Mäntel. Alle Menschen schwitzen. Wenn man einem die Hand gibt, klebt man an ihm fest. Aber bald wird es wieder kalt.

Manchmal telefoniert mein Vater aus Brüssel, dann sagt er »Ruhe, Kinder, Ruhe.« Mein Vater weint nie.

Es ist warm, und wir haben Hunger. Wir können nicht abreisen, weil wir das Hotel nicht bezahlen können. Wir können in kein anderes Land, aber wir dürfen auch nicht mehr hierbleiben.

Vielleicht kommen wir ins Gefängnis, dann werden wir verpflegt.

Der Onkel Kranich ist auch im Gefängnis.

Wir kannten den Onkel Kranich aus Wien. Jetzt war er auf einmal hier. Er ist alt, hat einen dicken Bauch und einen goldenen Ring. Meine Mutter hatte auch mal einen goldenen Ring, den haben wir in Nizza verkauft, weil wir Seife brauchten und Zahnbürsten.

Ich mache mir nichts draus, wenn wir keine Seife haben. Aber in großen Städten wird man immer so schnell schmutzig, ganz von selbst.

Der Onkel Kranich saß hier mit uns im Café in der Sonne, seine Krawatte war bunt. Er hat Verse gegen die deutsche Regierung gesagt, darum mußte er aus Österreich fortreisen. Er ist wie ein Indianer über die Grenze nach Holland gekrochen.

Jetzt wird er im Gefängnis behütet.

Wenn er rauskommt, darf er nicht mehr in Holland bleiben. In ein anderes Land darf er auch nicht.

Die Menschen zittern, wenn sie Zeitungen kaufen und Extrablätter: Was ist auf einmal nur los auf der Welt?

Ich möchte so gern mal wieder mit einem Kind spielen. Nachts hält mich meine Mutter so fest, daß es mir weh tut und ich nicht schlafen kann. So viele Autos rasen vor unserem Fenster vorbei. »Kully, ich halte es nicht mehr aus«, schreit meine Mutter, springt aus dem Bett, meldet ein Gespräch nach Köln an. Sie will mit meiner Großmutter telefonieren.

»Ach, Mutter«, ruft sie, »wie geht es dir? Alles ist so schrecklich!«

Ich dachte immer, meine Großmutter sei nur meine Großmutter, aber sie ist auch die Mutter meiner Mutter.

Meine Mutter bestellt uns sehr viel Frühstück aufs Zimmer, wir haben keinen Hunger mehr. Ein Frühstück in Holland reicht auch als Mittag- und Abendessen.

Meine Mutter sagt: Jetzt kommt's auch nicht mehr drauf an. Sie hält mich fest und ist gar nicht bei mir. Sie sagt fremde Worte und antwortet nicht, wenn ich frage. Ist das der Krieg?

Die letzte Hotelrechnung hat meine Mutter nicht mehr aufgemacht. Sie brennt sich wunderschöne Locken.

Manchmal sitzt sie in der Halle in der Ecke, wo die großen Glaskästen mit den kleinen Fischen stehen, die so zart und still schwimmen. Manche sehen aus wie mit goldener

Spitze besetzt, wenn sie mich aus runden Augen anstarren.

Manchmal schwimmen zwei Fische aufeinander zu und küssen sich. Das ist am schönsten.

Neben meiner Mutter sitzt oft ein Mann mit dunklen Augen. Er hält ihre Hand fest und küßt sie. Die Hand meiner Mutter zittert leicht wie die Flossen von den kleinen Fischen. Ihre Augen sind riesenhaft groß und blau geworden.

Sie will gar nicht mehr allein sein. Es nützt ihr auch gar nichts, wenn ich bei ihr bin. Weil ich nicht über Mussolini sprechen kann und Hitler und Chamberlain, das sind Staatsmänner.

Mehr konnte meine Mutter mir auch nicht erklären.

Aber der Krieg hängt damit zusammen. Wenn ich erwachsen bin, werde ich alles verstehen.

Aber wozu soll man eigentlich erwachsen werden, wenn man nur traurig davon wird?

Meine Mutter hat mal gesagt, als erwachsener Mensch werde man schuldig; nichts auf der Welt mache aber trauriger, als schuldig zu sein.

Ich glaube, es macht meine Mutter am traurigsten, wenn mein Vater nicht bei ihr ist. Wenn mein Vater sie küßt, ihr mit seiner Hand über das Haar streicht, ist sie immer lustig. Manchmal will sie jetzt meinem Vater verlorengehen, ein anderes Leben beginnen. Oft ist sie so fieberhaft, so tot. Nur wenn mein Vater kommt, ist sie lebendig. So wie jetzt war es noch nie.

Vielleicht sehen wir meinen Vater nie mehr, wenn Krieg kommt. Davor hat meine Mutter Angst. Sie denkt, er lasse uns allein, er liebe uns nicht mehr. Im Café vom Hotel laufen jetzt schon Soldaten in grüner Uniform herum, aber ohne Gewehre. Alle Menschen glauben, jetzt wird bald Krieg sein. Sie wollen nach Amerika fliehen oder nach Schweden, oder sie wollen gar nichts mehr, nur noch warten. Ich habe keine Angst, weil ich ja meine Mutter bei mir habe.

Der Kellner, der uns morgens immer das Frühstück bringt, hat auch gesagt, er habe keine Angst, es würde auch keinen Krieg geben.

Und wenn es Krieg geben würde und wir in ein Lager kämen, dann würde er uns immer Essen bringen.

Wir kennen auch eine holländische Familie, weil meine Mutter früher mal mit der Frau in einem deutschen Pensionat war.

Die Familie hat zwei Kinder. Ich kann nichts mit ihnen anfangen, denn sie schreien immer furchtbar und wollen hauen oder an den Haaren reißen. Ich will aber spielen.

Einmal habe ich meine Puppenküche mit zu ihnen gebracht. Ich hatte von meiner Mutter eine zerschlissene blaue Seidenbluse bekommen, daraus hätten wir Gardinen und Decken machen können. Ich hatte auch Zigarettenschachteln, um neue Möbel daraus herzustellen und Silberpapier, um Sterne auszuschneiden und sie auf den blauen Teppich zu legen. So hätten wir Himmel spielen können.

Aber die Kinder haben zuerst gelacht, dann haben sie geschrien, sie sind in meine Puppenküche gefallen und haben an meinen Haaren gerissen.

Ich habe ganz ruhig gesagt, wenn sie es noch einmal tun würden, müßte ich mein großes Taschenmesser nehmen und sie totstechen.

Da sind die beiden zu den Erwachsenen gelaufen. Die konnten sie aber nicht verstehen, weil sie Radio hörten.

Es kam schreckliches Brüllen aus dem Apparat, ich höre es nicht gern.

Es war eine Rede aus Deutschland über den Krieg. Der Mann am Radio hieß Hitler. Er wollte ein neues Land haben, die Tschechoslowakei.

Als es still wurde, wollte die holländische Frau Bohnen kaufen, immerzu Bohnen, um sie im Krieg mit ihren Kindern zu essen.

Die Kinder zogen mich nicht mehr an den Haaren, darum

habe ich sie leben lassen. Sie wurden ins Bett gebracht und haben geweint. Später wollte ihr Vater mich schlagen, da habe ich gesagt, er solle es nicht tun, sonst würde ich ihn auch totstechen.

Meine Mutter wollte das Messer haben, ich habe es ihr gegeben, weil ich ihr gehorchen muß. Außerdem habe ich zu Hause noch drei andere Messer, die mein Vater vergessen hat.

Jetzt darf ich diese holländische Familie nicht mehr besuchen. Meine Mutter hat zu mir gesagt, in mir sei ein Teufel. Aber wenn ein Teufel in meinem Bauch wäre, würde ich doch Bauchschmerzen haben. Ich kann es nicht haben, daß fremde Leute und Kinder mich schlagen, mir weh tun wollen, wo ich doch artig bin und mit ihnen spielen will.

Meine Mutter hat einmal gesagt, man müsse immer alles mit gleicher Waffe schlagen. Das geht aber nicht immer. Als mich in Italien die Moskitos stachen, konnte ich nicht zurückstechen. Ich konnte die Tiere nur totschlagen.

Ich habe es ja gewußt, ich habe es ja gewußt!
Mein Vater ist da.

Ganz früh am Morgen war meine Mutter schon aufgestanden aus Unruhe und um runterzugehen und nach dem Krieg zu sehen. Ich habe mich im Bett vergraben, wo es warm war, habe mich zusammengerollt wie meine Meerschweinchen, die wirklich Junge bekommen hatten und danach mit den Jungen von der Hoteldirektion beschlagnahmt wurden, ohne daß die Direktion mir Geld dafür zahlte.

Ich habe mir überlegt, daß ich vielleicht aus Zigarettenschachteln Lesezeichen kleben und auf der Straße verkaufen kann.

Ich lag im Bett, da klingelte das Telefon. Ich wollte gar nicht rangehen, weil frühmorgens immer Herr Tankaard anruft. Er will wissen, ob meine Mutter schon das Rezept gegen Haarausfall aus Deutschland bekommen hat.

Herr Tankaard schreibt holländische Gedichte und muß immer an seine Haare denken, weil er keine mehr hat. Ich würde ihm furchbar gern meine Haare verkaufen.

Aber ich glaube, er könnte sie sich doch nicht einpflanzen. Er hat auch kein Geld dafür.

Als ich ans Telefon ging, war mein Vater da, er sprach ganz schnell.

»Kein Wort Kully, sagt keinem Menschen, daß ich hier bin. Nehmt sofort ein Taxi und fahrt zur Pension Vandervelde.«

Wir mußten sehr weit fahren, am Vondelpark vorbei und an der Amstel.

Die Straßen wurden stiller, die Häuser kleiner. Als das Taxi hielt, stand mein Vater da und zog uns heraus. »Nenne mich Pierre, Annchen, sage nicht Vater zu mir, Kully – sagt überhaupt kein einziges Wort, ehe wir im Zimmer sind.

Er zog uns ins Haus, die Treppe war schmal, der Gang hoch und dunkel, angefüllt von einer furchtbar dicken Frau in einem gelben geblümten Kleid.

»Das geht nicht«, sagte die Frau und wollte uns nicht durchlassen. Ihre hochgetürmten grauen Haare zitterten, »Besuch von Damen im Schlafzimmer geht nicht.«

»Das ist Madame Vandervelde«, sagte Papa »eine charmante Frau. Aber Sie würden noch mehr Charme und Sex-Appeal haben, Madame, wenn Sie sich entschließen könnten, ein wenig von französischen Sitten anzunehmen. Sollten Sie je nach Frankreich kommen, Madame, so befolgen Sie meinen Rat: wenn Sie Wert darauf legen, ehrbar und vertrauenswürdig zu wirken, so leben Sie keinesfalls länger als drei Tage in einem Hotel, ohne einen jungen oder älteren Herrn auf Ihrem Zimmer zu empfangen. Sei es auch nur, um den Schein zu wahren . . .«

Meine Mutter stöhnt, die dicke Frau wird böse und schreit: »Sie haben sich hier nach holländischen Sitten zu richten.«

»Gewiß doch«, sagt mein Vater und ist auf einmal furchtbar streng, »zwingen Sie mich nicht, ernste Maß-

nahmen zu ergreifen, Madame. Ich habe nur meinen Regenmantel an, darunter bin ich nackt. Wenn Sie uns nicht sofort vorbeilassen, ziehe ich den Mantel aus.«
Mein Vater zieht meine Mutter und mich die Treppe hoch, an der Frau vorbei. Er schließt eine Zimmertür auf und sagt: »Sorgen Sie bitte, daß wir nicht gestört werden – Sie erinnern mich an Katharina die Große, Madame, Sie hätten Zarin werden sollen, statt einen Regierungsbaumeister zu heiraten, Stalin wäre Ihr Potemkin geworden, aber Sie haben Ihre großen politischen Fähigkeiten an rote Plüschmöbel vergeudet. Ich weiß, daß Sie stolz sind, daß Sie ein gutes Herz haben. Nicht wahr, Sie werden mir sofort eine halbe Flasche Rum besorgen und etwas zu essen. Das kleine Mädchen hier hat Hunger, ich habe Durst.«
»So«, sagt mein Vater. Er schließt uns im Zimmer ein, »entweder bringt sie jetzt wirklich viel zu essen oder sie kommt mit der Polizei.«
Dann stehen wir stumm und schauen uns an. Mein Vater sieht auf einmal schrecklich weiß aus und müde.
Er setzt meine Mutter aufs Bett, dann fällt er um. Sein Kopf liegt auf ihren Knien. Meine Mutter legt beide Hände über sein Haar.
Stille herrscht. Das Zimmer ist klein, kalt, häßlich, es hat keinen Teppich. Auf dem braunen Boden liegen ausgequetschte Farbtuben, blau, grün, rot. Auf einem ganz kleinen wackligen Holztisch steht ein Rosenstrauß, alles riecht nach Staub und nach Keller.
Unter dem Rosenstrauß liegen sieben kleine Büchelchen. Das sind ja Pässe, wir haben sieben Pässe.
»Rühr sie nicht an, Kully«, ruft mein Vater.
Er sitzt neben meiner Mutter auf dem Bett. Er küßt sie und lacht wieder. Danach küßt er mich.
Er zieht sich ein Hemd an und eine Hose. Er lacht und erzählt.
Es klopft, mein Vater macht die Tür auf. Vor der Tür steht ein Tablett, das er reinholt. Mein Vater schenkt sich ein Wasserglas voll Rum ein, ich beginne mit dem Essen.

Mein Vater ist nicht mehr so blaß, sein Haar ist nicht mehr so krank und zerflattert.

Niemand darf wissen, daß mein Vater hier ist. Er hat einen anderen Namen und ist mit einem belgischen Paß nach Holland gekommen.

Er ist auch nicht mehr Schriftsteller, sondern Dekorationsmaler, Tapetenzeichner, aber er tut nur so.

Er hat Freunde in Belgien gefunden, die haben ihm ihre belgischen Pässe geliehen. Jetzt verleiht er die Pässe an arme Leute hier, die nicht mehr im Land bleiben dürfen. Mit den belgischen Pässen können sie nach Frankreich fahren.

»Weine nicht, Annchen«, sagt mein Vater, »alles wird gut. Die Zeiten sind gräßlicher denn je, ich weiß. Eigentlich sollte ich erst dich und Kully und dann mich selbst umbringen. Aber du weißt ja, daß mir jedes Verantwortungsgefühl fehlt. Wenn Krieg kommt, haben wir überhaupt keine Aussichten mehr, weil dann die deutschen Verlage hier keine Bücher mehr erscheinen lassen. Frag gar nicht erst, wie es mir ergangen ist. Übrigens glaube ich nicht, daß Krieg kommt.«

Mein Vater hat keinen Koffer mehr, in einer Ecke liegt ein großer grauer Sack, aus dem zieht er Blätter hervor, sie sind vollgeschrieben. Ach, ich bin so froh, jetzt haben wir endlich den Roman für Herrn Krabbe!

Meine Mutter zwitschert glücklich wie ein Vogel.

Mein Vater will, daß wir gleich ins Hotel gehen, meine Mutter soll sofort alles abtippen, dann Herrn Krabbe anrufen, ihm alles geben und alles tun, damit sie noch etwas Geld bekommt. Mein Vater hat gar kein Geld mehr, er will aber versuchen, etwas von der dicken Frau zu leihen.

»Bleibt vorläufig ruhig in dem Hotel wohnen«, sagt er, »macht euch keine Gedanken, ich habe schon an alles gedacht. Morgen vormittag lasse ich bei dir einen Holländer auf holländisch und als Amsterdam'sche Bank anrufen. Das wird einen guten Eindruck auf das Hotel machen und die Nerven der armen braven Hoteldirektion beruhigen. Du, Annchen, hast nichts weiter zu tun, als am Tele-

fon ›ja‹ und ›danke‹ zu sagen und dich mittags unten beim
Portier zu erkundigen, wie lange die Amsterdam'sche
Bank geöffnet sei. Damit ist dann Zeit gewonnen. Wenn
diese akute Kriegsgefahr mal wieder für ein paar Monate
vorbei ist, können wir weiter sehen.«
Meine Mutter lacht, ihre Augen sind blau und groß.
Mein Vater nimmt die sieben Pässe fort, weil ich nicht mit
ihnen spielen soll. Ich hätte das sowieso nicht getan. Ich
darf die Farbentuben auf dem Boden ausquetschen.
Mein Vater zieht Mäntel aus dem Sack.
»Hier ist ein Mantel aus Schaffellen für dich, Annchen –
ich habe ihn Manja fortgenommen, die hat vier Pelzmän-
tel. Manja ist auch in Brüssel. Sei nicht eifersüchtig, Annchen, sie ist mit Genek da, sie lieben sich wieder. Wenn
man auf einem Vulkan lebt, wird's einem heiß, Gleichgül-
tigkeit fängt an zu kochen und ist auf einmal wieder
Liebe.«
Ich bekomme auch einen Mantel; der ist von Madame
Rostand, sie hat ihn aus bunter Wolle gehäkelt. Ich sehe
wie ein buntes Sofakissen darin aus.
»Wolltest du mich betrügen, Annchen?« fragt mein Vater,
»hast du dir von diesem französischen Sargfabrikanten
Liebesbriefe schreiben lassen? Und einem jungen holländischen Romantiker hast du innige Händedrücke geschenkt? Wenn du nur nicht so hoffnungslos blöd wärst,
Annchen. Du weißt doch, daß du mir gehörst und niemandem sonst. Es liegt nicht im Interesse eines Mannes,
Frauen Ratschläge in der Liebe zu geben, aber bei dir
muß ich eine Ausnahme machen: merke dir, Annchen,
daß nur Kaiserinnen oder Teufelinnen sich Liebhaber
nehmen sollten. Kaiserinnen, die einen gelangweilten
oder langweilig gewordenen Liebhaber umbringen lassen
können – oder Teufelinnen, die es schaffen, daß der Liebhaber sich rechtzeitig selbst umbringt.«
»Aber ich habe ja gar nichts getan«, sagt meine Mutter
leise, »ich liebe dich, ich war schrecklich allein.«
»Ich weiß, daß du nichts getan hast, Annchen, sonst hätte
ich dich schon aus dem Fenster geworfen.«

Mein Vater hämmert seine Faust gegen die Wand, ich habe Angst und will mich verstecken.

»Mein Gott, das Kind«, sagte meine Mutter, »denke doch an das Kind, es versteht ja alles.«

»Ach, Kully«, ruft mein Vater. Er hebt mich auf und wirft mich hoch in die Luft. »Entweder versteht das Kind, was ich sage – dann kann's ihm nichts mehr schaden. Oder es versteht es nicht – dann kann's ihm im schlimmsten Fall nichts nützen.«

Er setzt mich wieder auf die Erde und will meiner Mutter Rum geben. Sie will aber nicht trinken. Er macht ihr ein Schinkenbrot. Sie soll davon abbeißen wie ein kleines Kind.

Ich esse vollkommen erwachsen und selbständig alles auf, was da ist.

Meine Mutter steht auf. Sie will mit mir fortgehen und das Manuskript abtippen.

Mein Vater sieht meine Mutter an.

»Annchen«, sagt er plötzlich, »ist es wahr? Ich glaube, ich habe in Brüssel damals zu herzlich von dir Abschied genommen? Ist es wahr, Annchen?«

Meine Mutter sagt: »Ja.«

Mein Vater zieht meine Mutter aufs Bett und setzt sich neben sie. Beide sitzen ganz still und erstaunt wie Pflanzen, auf die es regnet.

Was ist denn los?

»Wir werden noch ein Kind haben, Kully«, sagt Vater. Ich weiß nicht, warum wir auf einmal noch ein Kind haben müssen, aber sie sagen, es lasse sich nicht mehr ändern.

Und es wird viel Geld kosten, Geld das wir nicht haben. Ich habe immer Angst, daß meine Eltern mich eines Tages fortgeben. Lieber will ich, daß sie das fremde Kind fortgeben. Ich sage: wenn es ankommt, sollen sie es einfach bei Herrn Krabbe auf dem Verlag abgeben.

»Sehr gut«, sagt mein Vater. »Das Kind hat gute Einfälle. Wenn es soweit ist, Annchen, gehst du zu Krabbe, er verhärtet zwar immer mehr – außerordentlich interessant,

80

diesen Prozeß rapider Versteinerung heutzutage bei den Menschen zu beobachten –, aber ich glaube, einer Frau in dem Zustand wird er nicht gewachsen sein. Auch haben ihn andere Autoren noch nicht vor solche Aufgaben gestellt, der Fall dürfte neu für ihn sein. Mach dir keine Gedanken, Ännchen, mein Liebling, es wird für alles gesorgt werden, es wird alles gut gehen – ich werde schon Auswege finden. Und falls es kanadische Fünflinge werden sollten – also, man müßte sich doch mal wieder mit dem Gedanken an eine Reise nach Amerika befassen.«

Alles ist gut. Meine Mutter lacht, mein Vater ist da. Das fremde Kind läßt vorläufig noch auf sich warten, auch der Krieg kommt vorläufig noch nicht. Er hat sich verspätet. Meine Mutter bewegt sich auch nicht mehr soviel nachts im Bett, sie schreit nicht mehr, wenn sie schläft.

Einmal war eine Nacht, bevor mein Vater nach Amsterdam kam, da war auf der Straße noch Sonntag, Autos rasten und Menschen sangen, Lichter vom Himmel glitzerten in unser Zimmer. Ich lag im Bett und wußte gar nicht, ob ich wach war oder schlief.
Meine Mutter saß aufrecht, ich konnte nur ihren Rücken sehen, der war eine Wand aus rosa Seide. Manchmal tanzte etwas Licht in unser Zimmer, nebenan schnurrte immerzu das Telefon.
Unten auf der Straße pfiff ein Mann ein Lied. Meine Mutter zitterte: »Hast du es gehört? Hast du das Pfeifen gehört? Das war das Horst-Wessel-Lied, das eben jemand unten auf der Straße gepfiffen hat – hier in Amsterdam.«
Ich kenne das Lied nicht, aber warum muß es meine Mutter so traurig und erschrocken machen?
Ich konnte das Gesicht meiner Mutter nicht mehr finden, es war so weit fort.
Da habe ich meine Mutter in Gedanken in einen Baum verwandelt, denn ein Baum ist ruhig, er hat keine Angst.

Ein Baum hat keinen Hunger, keine Tränen. Er lacht nicht und spricht nicht. Ich habe sie in einen Baum verwandelt, damit sie nicht mehr zittert. Danach konnte ich einschlafen.

Als ich am Morgen aufwachte, habe ich sie zuerst nicht geweckt, doch dann hatte ich Angst, daß sie ein Baum bleiben würde. Ich habe ihr die Haare gekämmt, sie in den großen Zeh gekniffen und zurückverwandelt.

Wir fahren bald nach Paris, dann sind wir woanders. Und wenn wir woanders sind, sind wir wieder einen Schritt weiter und glücklich.

Ich bin immer viel früher wach als meine Mutter. Dann kommt der Morgen grau durchs Fenster.

Ich hebe meine Hand, bewege meine Finger und lasse an der Wand Hasen erscheinen, Kaninchen und Giraffen.

Manchmal knallt es auf der Straße, aber ich kann nicht unterscheiden, ob es ein Schuß war oder ein geplatzter Autoreifen, denn ich habe noch nie einen Schuß gehört. Mein Vater hat einen Revolver, mit dem kann er schießen. Wenn wir mal gar nicht mehr weiter wissen, schießt er uns tot. Dann kann uns wenigstens nichts mehr passieren.

Man riecht wohl unangenehm, wenn man tot ist, so wie meine gestorbenen Meerestiere. Aber das macht nichts, man selber riecht es ja nicht mehr.

Erwachsene Leute wollten mir erzählen, daß man in den Himmel kommen kann. Ich kann nicht leiden, wenn Menschen Kinder so dumm finden, daß sie denken, die würden alles glauben. Welcher vernünftige Mensch würde denn noch auf der Erde mit Sorgen und Ärger leben bleiben, wenn er im Himmel sein kann, noch dazu ohne Geld? Und ich glaube auch nicht, daß böse Menschen in die Hölle kommen. Böse Menschen sind viel zu schlau, um etwas Böses zu tun, wenn sie dafür in die Hölle kämen. Mein Vater hat mal mit holländischen Leuten gesprochen und gesagt: »Vielleicht wäre es ganz nett, zur Abwechslung zu predigen, daß alle guten Menschen in die Hölle kommen und alle bösen in den Himmel. Dann würden die guten Menschen böse werden, und die bösen Menschen hätten keine Opfer mehr. Vielleicht würde es danach etwas friedlicher auf der Welt zugehen.«

Die holländischen Leute haben sich geärgert und gesagt, sie seien streng religiös, und mein Vater sei ein Ketzer ohne Gottesfurcht. Er würde auch mich verderben.

Mein Vater hat gesagt, es genüge, entweder religiös oder streng zu sein – beides zusammen sei der Gipfel an Ekelhaftigkeit.

»Und Gottesfurcht? Warum? Meinetwegen Gottvertrauen. Aber lieber soll mein Kind Streichholzschachteln oder Likörgläser anbeten, als Angst vor Gott haben. Alles Unheil der Welt beginnt mit der Angst. Ich sehe nicht ein, warum Menschen sich Gott als einen modernen Diktator vorstellen müssen, der die Leute mit Maulkörben und Handschellen im Kreis herumlaufen läßt. Der ganze Dreck in Deutschland konnte nur entstehen, weil man die Menschen dort seit ewigen Zeiten in Angst gehalten hat. Kaum daß ein Kind geboren wird, soll es auch schon Angst vor Vater und Mutter haben. Dann muß es auch noch Vater und Mutter ehren. Wozu? Entweder man liebt seine Eltern, dann ehrt man sie sowieso, oder man liebt sie nicht, dann können die Eltern mit der ganzen Ehre verdammt wenig anfangen. – Also zuerst verlangt der Vater, daß sein Kind Angst gehabt hat. Dann kommt die Angst in der Schule vor dem Lehrer, die Angst in der Kirche vorm lieben Gott, die Angst vor militärischen oder anderen Vorgesetzten, die Angst vor der Polizei, die Angst vorm Leben, die Angst vorm Tod. Schließlich ist ein Volk so versklavt und verkrüppelt durch Angst, daß es sich eine Regierung wählt, unter der es in Angst dienen kann. Und nicht genug damit: wenn es dann andere Völker sieht, die nicht darauf versessen sind, in Angst zu leben, ärgert es sich und sucht nun seinerseits, ihnen Angst zu machen. Zuerst haben sie Gott zu einer Art Diktator gemacht, jetzt brauchen sie ihn nicht mehr, weil sie einen besseren Diktator haben.«

Ich habe keine Angst vorm lieben Gott. Auch nicht vor meinem Vater, wenn er auch mal böse istl Er wird ja immer wieder gut.

Ich bin froh, daß ich nie mehr in die Schule muß. Man lernt ja auch gar nichts in der Schule.

Die holländischen Kinder, die ich kenne, sind viel größer als ich. Doch ich kann viel besser Englisch, Polnisch, Französisch und Deutsch sprechen als sie. Nur Holländisch können sie etwas besser.

Ich kann jetzt auch in der Zeitung die Kurse lesen und Gulden in Zloty umwechseln und Zloty in belgische Francs. Das ist von allem Rechnen das Wichtigste. Man muß wissen, daß es tausendmal besser ist, zehn Dollar zu haben als eine Mark.

Die Kinder hier verstehen das gar nicht.

Neulich haben sie mal einen Atlas gehabt, da waren Bilder drin, keine richtigen Bilder, nur so blaue und grüne und rosa Flecken. Das sollten Länder sein, die Kinder sollten sie für die Schule lernen.

In Wirklichkeit sehen alle diese Länder ganz anders aus, die meisten von ihnen kenne ich ja. Und in die übrigen Länder werden wir mit der Zeit auch noch reisen.

Die Kinder glauben mir auch nicht, daß ich einmal mit meinem Vater und einem polnischen Jäger in einem Schlitten in die Karpaten gefahren bin und in einer Hütte auf einem Fell gelegen und Bärenschinken gegessen habe.

Sie wollen mir auch nicht glauben, daß mein englischer Freund mir aus London schreibt, daß der Nebel so dick und schwarz geworden sei, daß er ein Stück davon in eine Kiste packen könne, um es mir zu schicken.

Ich kann sehr laut lesen, denn ich lese jetzt meiner Mutter immer die Zeitung vor, wenn sie sich anzieht.

Ich habe nicht gern Zeitungen, weil fast immer nur Häßliches drinsteht: von unbewachten kleinen Kindern, die in heißes Wasser fallen, oder von siebzigjährigen Männern, die von Lastwagen angefahren werden, auch von wilden Frauen, die ihre ganze Familie mit einem Beil tothacken.

Mein Vater hat gesagt, das Ausrotten einer Familie sei eine unglaubliche Modetorheit, so wie die rotgelackten Fingernägel.

Mein Vater kann so feuerrot gelackte Nägel an Frauen nicht leiden, weil sie wie blutige Fleischklümpchen aussehen und ihm Essen und Trinken verekeln. Er hat einmal zu einer Dame gesagt, er ertrüge ihre roten Nägel nur, wenn sie dazu als Ergänzung einen Rubin im Nabel tragen würde. Das wollte die Dame nicht, und ich wüßte auch nicht, wie sie den Rubin hätte festmachen können.

Bald ist wieder Weihnachten. Hier in Holland ist Weihnachten nicht so wichtig, weil vorher Sinter Klaas ist, wo die Kinder Geschenke kriegen und singend mit Laternen herumziehen.

Wenn wir zu Sinter Klaas noch hier sind, schließe ich mich vielleicht dieses Jahr dem Zug an.

Ich könnte mir auch eine Laterne kaufen. Jetzt, wo mein Vater hier ist, finde ich auch immer wieder Geld unter seinem Bett. Es gibt holländisches Geld, das so klein ist, daß man es kaum sieht. Aber es ist wertvoll, man kann ziemlich viel dafür kaufen.

Mein Vater wohnt noch immer bei der dicken gefährlichen Frau. Sie hat jetzt auch rotgelackte Fingernägel, weil mein Vater ihr die Hand küßt.

Er sagt nichts gegen ihre Nägel, da sie ihm immer Rum besorgt und meine Mutter bei ihm läßt, und eine solche Frau darf sich mehr herausnehmen als andere Menschen.

Mein Vater küßt immer allen Frauen die Hand. Das konnte meine Mutter manchmal nicht leiden, und da hat mein Vater einmal gesagt: »Ein Mann, der fremden Frauen nicht die Hand küßt, küßt seiner eigenen Frau auch nicht die Füße.«

In Deutschland waren wir Weihnachten immer bei meiner Großmutter, das war sehr schön. Im Eßzimmer stand ein Weihnachtsbaum mit Lichtern und leuchtenden Kugeln, oben auf der Spitze war ein weißer Stern. Wir haben zu-

sammen ein Lied gesungen und uns gegenseitig für alle
Geschenke bedankt.

Dann durfte ich soviel Kuchen und Marzipan essen, wie
ich wollte.

Mein Vater wurde unruhig und wäre gern in ein Lokal
gegangen, um ein Glas Bier zu trinken, denn er ist nicht
gern in Wohnungen eingesperrt.

Aber alle Lokale waren geschlossen. Auch die Straßenbahnen fuhren nicht. Darum konnte mein Vater Weihnachten nie richtig leiden. Er singt auch nicht gern.

Darüber hat sich mal die Dame mit dem Vogelnest ge-
wundert und gesagt: »Wo man singt, da laß dich ruhig
nieder – böse Menschen haben keine Lieder.«

Da hat mein Vater zu mir gesagt, genau da solle ich mich
nie niederlassen, denn wo gesungen würde, bestehe Le-
bensgefahr. Gemeinsamer Gesang sei fast schon ein hal-
ber Mord, jeder Krieg fange mit Gesang an.

Als voriges Jahr Weihnachten war, sind wir mit dem Pull-
manzug von Amsterdam nach Paris gefahren.

Ich habe die Pullmanzüge nicht so furchtbar gern, sie sind
so teuer, daß wir eigentlich nie wissen, wie wir überhaupt
reingekommen sind. Man kann auch nicht in ihnen rumlaufen, weil sie ja nur aus einem Restaurant bestehen. Sie
haben keine Abteile und Gänge.

Die Zollbeamten behandeln das Gepäck in den Pullman-
zügen netter als in den gewöhnlichen Zügen. Auch erhält
man leichter das belgische Transitvisum während der
Fahrt. Außerdem kennen uns die Angestellten vom Zug
alle. Mein Vater ist mit mehreren sehr befreundet. Sie
stürzen sofort an seinen Tisch und bringen ihm Marc de
Bourgogne, das ist ein Kognak, der ihm jedesmal den
ersten Vorgeschmack von Paris geben soll.

Mein Vater will selbst in gewöhnlichen Zügen immer im
Speisewagen sitzen, aber da geht das nicht so einfach.
Besonders in französischen Zügen sollen die Leute rasch
essen und dann raus. Stundenlanges Sitzen im Speisewagen können sie da gar nicht leiden.

Es macht meinen Vater auch wütend, wenn um ihn herum gefegt wird, ich finde es auch dumm, weil ja doch immer wieder alles schmutzig wird.

Mit einem Kellner vom Pullmanwagen ist mein Vater besonders befreundet, weil sie einmal zusammen erlebt haben, daß ein großer Regierender aus Katalonien oder Pentagonien mit im Zug fuhr.

Auf einmal hat der Zug schrecklich geknallt. Alle dachten, eine Bombe sei auf den Regierenden gefallen, er selbst dachte es wohl auch, denn das ist so üblich, dort wo er herkommt.

Aber dann hat sich der Zugsführer sehr entschuldigt, es war nur das Heizungsrohr geplatzt.

Mein Vater hat sehr gern, wenn so was passiert. Der Kellner hat sich auch gefreut.

Weihnachten hat der Kellner meinem Vater einen großen hölzernen Weihnachtsbaum geschenkt, den hatte er selbst geschnitzt. Er paßt in keinen von unseren Koffern rein, deshalb muß ihn mein Vater immer unterm Arm tragen.

Daß wir ihn verschenken oder stehenlassen, geht nicht. Der Kellner weiß genau, daß der Baum in keinen unserer Koffer paßt. Er würde sofort merken, daß wir ihn nicht mehr haben, wenn wir ihn nicht sichtbar tragen.

Manchmal haßt mein Vater den Baum und sagt, die besten und innigsten Freundschaften könnten durch Geschenke gestört werden: ich solle lieber nie jemand was schenken.

Es ist überhaupt sehr schwer, etwas loszuwerden, darum haben wir ja auch immer soviel Gepäck.

Die meisten Schwierigkeiten haben wir mit alten Schuhen. Tragen können wir sie nicht mehr, weil sie schon zu kaputt sind, und zum Verschenken sind sie auch nicht. Zweimal haben wir sie einfach im Hotelzimmer stehenlassen, das war furchtbar dumm. Jedesmal kam ein Boy an unseren Zug gerast, brachte uns die Schuhe, und wir mußten ihm ein Trinkgeld geben, das wir manchmal gar nicht mehr hatten.

Das beste ist, wenn man solche Sachen unter die Matratze des Hotelbettes klemmt, da werden sie meistens erst gefunden, wenn der Zug schon fährt.

Aber das darf man auch nur machen, wenn man dem Hotel keine weitere Adresse angegeben hat, denn sonst schicken sie einem vielleicht ein Paket, für das man dann auch noch Zoll bezahlen muß.

Das ist uns mal in Italien mit vollkommen schmutzigen und zerrissenen Hemden passiert. In letzter Zeit muß ich solche Sachen immer heimlich in fremde Hausflure legen. Ich habe dann immer so ein ängstliches Gefühl, als wenn ich was stehle. Dabei gebe ich doch was ab.

Wenn wir in Paris ankommen, ist mein Vater immer so glücklich, daß er auf dem Gare du Nord anfängt zu tanzen. Er hat Paris lieber als alle Städte der Welt.

Woanders hält mein Vater es höchstens vier Wochen aus, in Paris hält er es drei Monate aus, aber länger auch nicht.

Glücklich sind wir eigentlich immer nur, wenn wir im Zug sitzen.

Kaum, daß wir in einer Stadt angekommen sind, haben wir auch schon schreckliche Angst, daß wir nie wieder fortkommen werden. Vor allem, weil wir nie Geld haben, sind wir jedesmal in jedem Hotel und in jeder Stadt gefangen und denken am ersten Tag schon wieder an unsere Befreiung.

Als wir das letztemal in Paris ankamen, schneite es dünn und leise. Wir nahmen ein Taxi, um zu unserem Hotel am Boulevard Saint-Germain zu fahren. Der Place de la Concorde leuchtete silbern.

Vor den Cafés standen die kleinen eisernen Öfen, die Leute saßen auf den hellen Strohstühlen drumrum und tranken die bunten Getränke in roten, grünen, blauen und braunen Farben. Mein Vater wollte am liebsten aussteigen.

Im Hotel umarmte mein Vater gleich den Concierge, der Anatole heißt, furchtbar schielt und viel weiß, vor allem über Verträge, die mein Vater mit Herrn Krabbe schließt. Bevor er unterschreibt, bespricht er sich mit Anatole.

Immer, wenn wir reisen, sieht meine Mutter an den Haltestellen aus dem Zug, weil dann die Karren mit den Büchern vorbeigeschoben werden und sie sehen will, ob die Bücher von meinem Vater auch dabei sind.

Meinen Vater interessiert es weniger, ob seine Bücher verkauft werden. Wichtig für ihn ist, daß Anatole gesagt hat, er könne aus Herrn Krabbes Abrechnungen nicht klug werden.

In der Hotelhalle waren auch der Dichter Fiedler und seine Frau. Sie hatten gedacht, daß wir kommen würden. Sie wollten uns besuchen.

»Erschrecken Sie nicht«, sagte Frau Fiedler, »Jeanne Moth ist hier.«

»O Gott«, sagte meine Mutter.

»O fein«, sagte mein Vater.

Anatole brachte Calvados zum Trinken für alle Erwachsenen. Für mich eine etwas faulige Banane.

Der Valet de Chambre trug mit dem Chauffeur unser Gepäck in den Lift. Anatole bezahlte den Chauffeur, setzte sich zu uns und trank mit, aber nur ganz wenig. Herr Fiedler trank gar nicht, mein Vater trank viel.

Dann sprachen sie immerzu von Jeanne Moth. Das ist eine Frau aus Deutschland, die auch nicht mehr zurückgeht. Sie malt und photographiert, außerdem war sie schon in Amerika.

Ich habe sie mal in Ostende gesehen. Sie hat furchtbar wilde dunkelrote Haare, einen großen roten Mund. Sie ist ruhelos, läuft immer hin und her, lacht, weint und spricht. Einmal habe ich sie aber auch ganz still und stumm am Strand sitzen gesehen.

»Sie kann sehr reizend sein, aber meist ist sie enervierend«, sagte Herr Fiedler.

»Das kommt auf die Nerven an«, sagte mein Vater, »mir gefällt sie.«

»Ja, weil sie Nächte durch mit dir trinkt«, sagte meine Mutter.

»Sie läßt keinen Mann in Ruhe«, rief Frau Fiedler.

»Genau das tut sie nicht«, sagte mein Vater, »sie hat viel zuviel Instinkt, um nicht ausschließlich mit den Männern zu kokettieren, bei denen sie Erfolg hat.«

Frau Fiedler wurde rot und böse: »Ach, als wenn das ein Kunststück wäre, irgendeinem Mann auf der Welt den Kopf zu verdrehen, wenn man so schamlos ist. Ein Tor ist immer bereit, wenn eine Törin will. Jeder Mann ist eitel genug, drauf reinzufallen.«

»Sie ist absolut nicht dazu verpflichtet, sich durch Grobheiten unbeliebt zu machen«, sagte mein Vater.

Meine Mutter wird jetzt auch böse: »Ich halte sie für kalt und berechnend.«

»Unsinn«, sagte mein Vater, »sie ist imstande, sich blind und besinnungslos wie ein Backfisch in das ungeeignetste Objekt oder Subjekt zu verlieben und dafür mehr Opfer zu bringen, als sie sich leisten kann.«

»Dreimal hat sie gestern meinen Mann angerufen«, rief Frau Fiedler, »und ihn mit Lobeshymnen über sein neuestes Buch überschwemmt, dem kann natürlich kein Schriftsteller widerstehen.«

»Die Frau eines Schriftstellers sollte dem vor allem nicht widerstehen können«, sagte mein Vater.

Doch Frau Fiedler wurde immer erregter: »Sie hat einen schlechten Charakter.«

Da steht auf einmal Jeanne Moth am Tisch, und ihre Haare sind noch röter geworden. Sie lacht und freut sich und küßt mich, zu Frau Fiedler sagt sie: »Oh, Liebe, wie bin ich froh über Ihre Worte, es gibt nichts Vernichtenderes für eine Frau, als wenn andere Frauen ihren guten Charakter loben. Heute morgen fand ich mich so alt und häßlich, ich hatte schreckliche Minderwertigkeitsgefühle, aber jetzt – «

Sie küßt meinen Vater.

»Peter, mein Engel, wie lange haben wir uns nicht gesehen? Die Krawatte ist neu? Was arbeitest du? Wann gehen wir bummeln? Ich hab dir soviel zu erzählen, du mußt mir raten . . . Habe ich mich sehr verändert?«

Sie küßt meine Mutter.

»Gott, bin ich glücklich, daß ihr hier seid. Entzückend sehen Sie aus, Anni, schlank sind Sie geworden wie ein kleines Mädchen. Schaun Sie, was für ekelhafte Falten ich auf der Stirn bekommen habe. Ich habe auch ein Loch im Strumpf, seit Tagen komme ich nicht dazu, mir Strümpfe zu kaufen. Haben Sie auch auf mich geschimpft? Das sollten Sie nicht tun. Ich finde Ihren Mann reizend. Aber er mag mich nicht.«

Sie schwenkt einen großen Hut hin und her, ich rege mich auf und werde müde. Es ist, als wenn auf einmal tausend Menschen in der Halle sind. Sie fällt auf einen dunkelgrünen Samtsessel, den mein Vater an sie herangeschoben hat.

»Nur einen Augenblick. Muß gleich gehen. Anatole, warum gibst du mir nichts zu trinken? Hast du auch geschimpft?«

»Ich hasse nie, und ich schimpfe nie«, sagte Anatole und schenkt ein Glas voll, »viel oder wenig?«

»Viel.«

Sie trinkt mit einem Ruck das Glas aus: »A votre santé!« Ihre Hand ist sehr weiß. Am Daumen ist ein schwarzer Tintenfleck.

»Gott, wie ich mich freue, Peter, daß ihr hier seid. Du, er ist Norweger und ungefähr fünfzig Jahre alt, er hat graue Haare, süße blaue Augen wie ein verschlafenes Baby und geht immer mit einem unaufgerollten Regenschirm herum. Was hältst du davon? Seine Frau ist schrecklich nett, eine rosa Kugel, hoffentlich wird sie nicht eifersüchtig. Aber sie sind ja schon fünfzehn Jahre verheiratet, ich habe sie mal flüchtig in Oslo kennengelernt. Jetzt sind sie zum erstenmal in Paris, so rührend unschuldig. Vor einer Woche mußte ich mir einen Backenzahn ziehen lassen, sieht man es, wenn ich lache? Ich meine, stört es einen Mann sehr, wenn einer Frau ein Zahn fehlt, oder könnten Sie mich trotzdem lieben, Fiedler? Ihr neues Buch ist übrigens herrlich. Wenn Sie morgen nachmittag mit mir einen Apéritif trinken gehn im Deux-Magots, werde ich Ihnen wunderbare Sachen erzählen und Sie für eine New Yorker Zeitschrift photographieren. Au revoir, meine Lieblinge, ich muß laufen, meine Norweger warten.«

Und auf einmal ist sie so schnell fort, daß man gar nicht weiß, ob sie überhaupt da war.

Alle sind still. Frau Fiedler sagt: »Jetzt macht sie diese arme norwegische Frau unglücklich. Man sollte dafür sorgen, daß sie aus Frankreich abreisen muß, man sollte da wirklich was tun. Sie ist eine deutsche Emigrantin und hat keine Carte d'identité. Ihr französisches Visum ist seit einer Woche abgelaufen, sie hat es selbst erzählt.«

»Halt den Mund«, ruft Herr Fiedler. Dabei bekommt er böse Augen.

»Ach«, sagt mein Vater, »wo sind die schönen guten alten Zeiten, wo die braven bürgerlichen Frauen einander noch mit Regenschirmen auf den Kopf gehauen haben, wenn sie eifersüchtig waren – und die unangenehmeren Frauen nette anonyme Briefe schrieben? Heutzutage arbeiten schon die Guten mit politischen Repressalien. Die Politik scheint wirklich alle Menschen und alle menschlichen Beziehungen vergiftet zu haben. Jeanne ist so ein nettes Mädchen, manchmal ein wenig zu zärtlich, ein wenig wirr und etwas zu verschwenderisch mit sich und ihren Gefühlen. Sie ist gescheit, aber wenn sie Gelegenheit hat, eine Dummheit zu begehen, wird sie sie unter allen Umständen begehen. Eine Gemeinheit nie.«

Mein Vater steht auf, setzt seinen Hut auf, gibt niemand die Hand und geht fort.

Herr Fiedler nimmt seinen Hut und läuft ihm nach.

Meine Mutter weint.

Frau Fiedler schüttelt den Kopf und fragt: »Also haben Sie Worte, verstehen Sie das?«

Anatole sagt: »Mais oui, madame.«

Und dann geht er hinter sein Portier-Buffet und hängt unsere Schlüssel von einem schwarzen Brett ab und sagt: »Elle est fatiguée, la petite.«

Ich möchte immer so gern hinter so ein Portier-Buffet laufen und sehen dürfen, was dahinter ist, aber meine

Mutter weint, und ich bin müde. Im Lift schlafe ich ein. Als ich aufwachte, lag ich mit meiner Mutter in einem besonders großen Bett. Meine Mutter weinte immer noch, das Zimmermädchen brachte uns eine große Tasse Milchkaffee und Croissants, und mein Vater war immer noch nicht da.

Meine Mutter hat mit meiner Großmutter telefoniert, weil Weihnachten war, und weil mein Vater nicht da war. Dann kam mittags Jeanne Moth in einem blättergrünen Pyjama und ohne Pantoffeln in unser Zimmer gelaufen und zog sich sofort aus und setzte sich in unsere Badewanne und tröstete von dort aus meine Mutter.
Später haben wir uns alle ganz schnell angezogen und zusammen mit den norwegischen Leuten meinen Vater gesucht.
Wir haben ihn in der Coupole gefunden, obwohl das ein so riesenhaftes Lokal ist, daß man da überhaupt niemand finden kann. Alles rauscht da durcheinander, schrecklich viele Menschen sind da, und manchen Menschen kann man überhaupt nicht ansehen, ob sie Männer sind oder Frauen.
Alle haben gelacht, und alles war gut.
Meine Mutter mußte einen Truthahn essen, und mein Vater wollte gleichzeitig Austern und Escargots essen, und die Norweger wollten Choucroûte garnie haben, weil es nirgends auf der Welt so gutes Sauerkraut gibt wie in Frankreich.
Und meine Großmutter dachte immer, Sauerkraut gebe es nur in Deutschland.
Ich mußte Reis essen und bekam sehr viel Kuchen. Es war Weihnachten.
Draußen wurden die Wolken rosa Gold, und Sonne fiel aus den Wolken auf das harte kalte Straßenpflaster.
An den Cafés und Kinos und Häusern gegenüber schwirrten blaue und rosa Lichter hoch, und es wurde in großer heller Eile Abend, während noch Nachmittag war.
Der norwegische Mann sah immerzu Jeanne Moth an,

und sie ließ die Wimpern über ihre Augen hängen und sah ihn auch an und saß ganz still und sprach nicht.

Mich freut's nur«, sagte die runde norwegische Frau und legte meiner Mutter ihre Hand ins Gesicht, die Hand war ein kleines rosa Kissen. »Wenn man zum erstenmal nach Paris kommt, ist man verzaubert und muß sich verlieben, mich freut's, daß mein alter Knabe so was noch fertigbringt. Und mich freut's, daß ich einen Mann habe, der so hübschen netten Frauen wie Jeanne noch gefällt. Mir gelingt's leider nicht mehr, noch einen von den tausend treuen Ehemännern zu verführen, die darauf warten, mal ein bißchen verführt zu werden.«

»Sie haben mich bereits verführt, gnädige Frau«, sagte mein Vater und kaufte von einer blassen Frau rote Rosen und von einem kleinen lustigen Mann eine knatternde Holzschlange.

Die Schlange schenkt er meiner Mutter, und ich nehme sie ihr fort, weil ich doch solches Spielzeug brauche, damit ich Fakir oder Schlangenbändiger und Zirkus spielen kann.

Jeanne Moth will fortgehen, sie hat einen großen Koffer bei sich, den hat sie aus dem Hotel mitgenommen und sie hat nicht gesagt, warum.

Der norwegische Mann nimmt seinen Schirm in die eine Hand, und mit der anderen Hand nimmt er Jeanne Moths Koffer.

Wir gehen über den Montparnasse, auf deutsch heißt das fast dasselbe wie Himmel.

Und wo die Lichter auf die Straße und die Menschen fallen, knipst Jeanne das Schloß des Koffers auf, den der Norweger trägt. Die Kofferplatte fällt herab, und Kleider und Tücher und Ketten fallen aus dem Koffer. Menschen bleiben stehen und lachen, und Jeanne lacht auch. Ihre Haare werden wieder wild, sie waren vorher so sanft.

Und sie nimmt die Sachen von der Erde, will sie den Leuten schenken, die um uns herumstehen.

Die Leute sehen ernst und erstaunt aus und wollen nichts nehmen.

»Dann nicht«, sagt Jeanne und wirft alles wieder auf die
Erde und tritt drauf, und »laß«, sagt sie, als mein Vater
wieder alles einpacken will, und zieht ihn schnell mit
Kraft und Gewalt fort, und den leeren Koffer schleudert
sie an ein Haus.

»Jeanne«, sagt mein Vater, »o Jeanne, du bist betrunken,
sei doch vernünftig.«

»Nein«, sagt sie, »ich bin nicht betrunken, oder vielleicht
bin ich gerade betrunken, weil ich nüchtern bin – oder ich
bin nur nüchtern, wenn ich betrunken bin. Laß mich doch
Peter, ich will immer Gutes tun, aber ich tu's nicht mit
Geduld, und wenn man Gutes ungeduldig tun will, wird's
böse, und ich liebe auch ungeduldig und hasse ungeduldig, und mit dem Leben habe ich keine Geduld und mit
mir selbst auch nicht mehr.«

Dann ist sie still, wir sind alle still und gehen ins Hotel.
Einmal will sie meine Hand anfassen, aber ich habe
Angst.

Ganz weit fort, wo ihr Koffer und ihre Sachen liegen,
schreien viele Leute, und ein Schutzmann schreitet in sie
hinein, ich kann es erkennen, möchte gern zurücklaufen
und zusehen, aber meine Mutter zieht mich mit.

Am Abend im Hotel ist Jeanne auf einmal tot, weil sie tot
sein wollte, ich weiß nicht, wie sie es gemacht hat.

Aber ich finde es gar nicht schlimm, denn warum lebt man
eigentlich überhaupt, wenn man genausogut tot sein
kann?

Die Erwachsenen fanden alles furchtbar schlimm, und
niemand hat sich mehr um mich gekümmert. Ich habe mit
der hölzernen Schlange gespielt.

Die Norweger sind abgereist und mochten Weihnachten
und Paris nicht mehr leiden.

Mein Vater hat mit zitternder Hand und ruhiger Stirn
einen Brief an Jeannes Mutter geschrieben, und meine
Mutter hat den Brief zugemacht und eine Marke draufge-
klebt und zur Post getragen. Und Anatole hat erst einen
Arzt und dann viele Leute von der Polizei geholt. Später
kamen Fiedlers, und Herr Fiedler sagte: »Schrecklich,

warum hat sie es nur getan, sie hatte soviel Talent.« Und Frau Fiedler sagte: »Vielleicht ist es das beste für sie.« Dann war Jeanne Moth auf einmal wieder lebendig, der Arzt kam aus ihrem Zimmer und erzählte es.

Sie ist auch bald wieder herumgelaufen, die Erwachsenen wurden wieder alle aufgeregt, aber meine Mutter und ich konnten uns um nichts mehr kümmern, weil meine Großmutter nach Paris kam.

Meine Großmutter konnte von Deutschland aus Geld für Italien haben, und von dem Geld wollte sie mich und meine Mutter nach Italien nehmen, damit wir zusammen sein konnten und drei Wochen umsonst leben. Meine Großmutter ist rund und groß, mit Haaren wie eine dicke weiße Haube. Sie muß immer von meinem Vater ferngehalten werden, weil sie ihn angreift. Sie ist die einzige Frau auf der Welt, die zu meinem Vater böse ist, und mein Vater hat auch Angst vor ihr.

Mein Vater wollte auch zuerst nicht, daß wir nach Italien fahren sollten, weil Italien mit Deutschland befreundet und darum auch ein gefährliches Land ist.

Aber wir sind Emigranten, und für Emigranten sind alle Länder gefährlich, viele Minister halten Reden gegen uns und niemand will uns haben, dabei tun wir gar nichts Böses und sind genau wie alle anderen Menschen.

Es gibt auch Emigranten, die keine Dichter sind. Die Emigranten haben auch Vereine, wo sie sich ungestört zanken können. Viele Emigranten wollen sterben, und mein Vater sagt oft, es sei das Beste und einzig Wahre, aber sie sind alle etwas unschlüssig und wissen nicht recht, wie sie es anfangen sollen, denn es genügt nicht, daß man einfach betet: Lieber Gott, laß mich bitte morgen tot sein.

Jeanne Moth wollte ja auch tot sein, und es ist ihr nicht gelungen, es ist eben nicht so leicht. Schließlich hat sie von allem nur Unkosten gehabt, die sie nicht bezahlen konnte. Dann lebte sie unerlaubt weiter ohne Visum in Paris, aber selbst wenn jemand sie angezeigt und die Polizei sie geholt hätte, wäre es noch gar nicht sicher gewesen, daß man sie totgeschossen hätte.

Die meisten Menschen müssen ohne Hilfe von allein sterben und sind dann immer noch in Gefahr, daß jemand sie rettet. Wenn ich erwachsen bin, will ich auch sterben, aber bis dahin ist noch lange Zeit.

Mein Vater sagte, er begehe einen allmählichen Selbstmord und tue alles, um sein Leben zu verkürzen, dazu raucht er furchtbar viele Zigaretten mit schwarzem Tabak und trinkt tausend Getränke in allen Farben. Er stirbt nicht davon, aber er kann manchmal lachen.

Meine Großmutter aus Deutschland sprach von Deutschland, das kann mein Vater nicht leiden. Meine Großmutter ist ja immer gut und bringt uns Geschenke, aber sie versteht nichts. Ich verstehe auch nichts, darum spreche ich auch nicht mit ihr, denn sie ist ja vielleicht ein Feind und zeigt uns an. Gute Menschen mit Geschenken sind auch manchmal Feinde, wenn sie in Deutschland wohnen. Mein Vater sagt immer, daß wir niemandem trauen dürfen.

Einmal bin ich in Paris nachmittags mit meinem Vater zu Charlie gegangen, das ist eine Bar, und Charlie ist der Barmann und mit meinem Vater befreundet. Gäste waren nicht da, ich wurde in eine Ecke gesetzt, und Charlie wollte in höchster Eile mit meinem Vater eine Flasche Kognak austrinken, weil ihm der Kognak zu schade für fremde Gäste war und weil er darum später einen schlechteren Kognak in die Flasche füllen wollte.

Mein Vater hat das auch sofort eingesehen, und ich mußte ganz ruhig sein und durfte nicht stören. Später wollte Charlie eine Pyramidontablette essen und hat statt dessen aus Versehen ein Fünfzig-Centimes-Stück runtergeschluckt.

Danach weinte er über die Schlechtigkeit der Menschen, mein Vater weinte auch. Sie ließen sich nicht trösten.

Dann kam meine Mutter mit meiner Großmutter. Meine Großmutter weinte nicht, sondern hustete angeekelt und wollte mit dem Abendzug abreisen nach Italien. Sie hat es auch wirklich getan.

Meine Mutter und ich sollten auch mitfahren, aber durch meine Schuld haben wir den Zug versäumt.

Ich bin nämlich etwas spazierengegangen in Paris und habe mir zuerst die tausend Vogelbauer an der Seine angesehen, und dann habe ich vor einem Bistro einen Mann entdeckt, der aus einer einzigen Zeitung wunderbare riesenhafte Türme und Bäume zauberte. Hinter dem Mann bin ich hergelaufen, bis ich überhaupt nicht mehr wußte, wo ich war. Unterwegs habe ich auch noch auf der Straße für meine Mutter Visitenkarten drucken lassen, weil ich das so furchtbar gern sehen wollte, aber ich konnte sie dann nicht bezahlen und habe versprochen, wiederzukommen. Daher hätte ich auch gar nicht mit dem Abendzug fahren können.

Am Abend war mein Vater in sehr großer Aufregung, weil ein Freund von ihm sich das Leben genommen hat.

Der war aber gar kein Emigrant, sondern ein französischer Schuster und dick, und lustig, er konnte nur seine Töchter und seine Frau nicht leiden, weil die ihn immer ausschimpften und auslachten und dauernd Geld wollten und ihm verboten, Pernod zu trinken.

Pernod sieht aus wie grüne Milch und schmeckt wie ein flüssiges Anisplätzchen und ist trotzdem kein Getränk für Kinder.

Der Schuster hat erst mit meinem Vater Pernod getrunken, dann hatte er Ärger mit seiner Familie, und um sie zu ärgern, hat er sich ganz schnell die Hände kaputtgeschnitten, und die Frau war wütend, weil er sich dazu auf das beste Sofa gesetzt und es ruiniert hat.

Mein Vater war verzweifelt. Ich möchte am liebsten, daß Menschen gar nicht mehr erst geboren werden.

Am nächsten Abend sind meine Mutter und ich mit einem wunderschönen Zug vom Gare de Lyon abgefahren, zu meiner Großmutter nach Italien. Mein Vater hat dem Schaffner Geld gegeben, damit er uns gut behandelt, und es wurden sehr ernste Verabredungen getroffen. Wir sollten jeden Tag aus Italien schreiben, und nach vierzehn

Tagen sollten wir nach Nizza fahren und dort auf meinen Vater warten.

Das schönste auf der Welt sind Schlafwagen, ich liege am liebsten oben im Bett.

Meine Mutter war aufgeregt und sagte immerzu: »Wir fahren in den Süden«, sie war noch nie dort.

Als wir am Morgen aufwachten, war die ganze Welt verändert. Der Himmel war dreimal so groß und so hoch wie woanders und so hart und blau, daß die Augen weh taten. Wir fuhren an nackten Bergen vorbei, auf denen fremde Bäume schwarz und silbern wuchsen.

Meine Mutter konnte vor Aufregung im Speisewagen gar nicht frühstücken. Ich hatte furchtbaren Hunger.

Und immerzu wollte meine Mutter mir was zeigen, was ich ganz von selbst sah. In kleinen Gärten blühten Frühlingsblumen, und die Sonne schien beinahe weiß.

In Marseille stiegen wir aus, um zu einem Hotel am Hafen zu gehen, wo wir einen Schweizer Freund meines Vaters treffen sollten, der sehr reich ist, weil er mit Uhren handelt, statt zu dichten. Meine Mutter sollte ihn veranlassen, mit meinem Vater eine Zeitschrift zu gründen, und dazu sollte er Geld geben. Wir haben aber immer wieder die Erfahrung gemacht, daß reiche Leute eklig sind und nie Geld geben, das macht sie ja so reich.

Wir sind weiße Terrassen heruntergestiegen zur Cannebière und still gegangen, die Welt war neu, die Menschen lebten bunter und schneller. Am Hafen glitzerte das Meer wie blaues Eis, unser Herz klopfte, wir hatten Angst vor Freude, die Luft roch feucht und wild nach Meeresgrund. Hinter schiefen zerbrechenden Häusern wehte bunte zerrissene Wäsche, schwarze Soldaten mit roten Mützen kamen uns entgegen, ein kleiner grauer Esel zog einen großen Wagen, schmutzige Kinder spielten und sprangen wie Gummibälle, und als ein Schiff im Hafen tutete, dachte ich, das Schiff lache.

Meine Mutter sagte: ich bin glücklich. Sie war so klein unter diesem riesenhaften hohen blauen Himmel.

In Paris war der Himmel manchmal wie eine Decke, und wenn ich eine Wolke ansah, konnte ich sie auf mich herunterdenken und mich von ihr wärmen lassen, aber hier gab es keine Wolken, und niemals konnte man den harten blauen Himmel mit der weißen Sonne erreichen, darum fror ich.

Und auch in Polen hatte ich es wärmer empfunden.

Vor den Lokalen türmten sich die Körbe mit Austern und geheimnisvollen Meerestieren, manche von ihnen waren vielleicht sogar Pflanzen, aber ich finde, daß meistens alles schöner aussieht, als es schmeckt. Viele feuchte kleine igelhafte Bälle sah ich in Körben liegen, manche waren durchgeschnitten und innen korallenrot.

Ich bat meine Mutter, mir so was vorzuessen, aber sie wollte nicht, weil sie nicht wußte wie.

Wir saßen im Hotelrestaurant, das nur aus nacktem Glas bestand wie ein Aquarium, und konnten den Hafen mit den Schiffen sehen. Kellner trugen große glänzende Fische hin und her, ein kleiner alter brauner Mann von der Hoteldirektion schenkte meiner Mutter und mir klebrige Bonbons, weil er meinen Vater kannte.

Der Schweizer Freund von meinem Vater war auch da. Er war ganz dünn und vertrocknet und hatte ein kleines Portemonnaie aus braunem Leder mit Reißverschluß. Daran hätte mein Vater sofort gesehen, daß so ein Mann niemals Geld gibt, um eine Zeitschrift zu gründen und überhaupt nicht.

Ich habe meine Mutter ein bißchen unterm Tisch getreten, aber sie hat mich nicht verstanden und sich ganz umsonst mit diesem überflüssigen Mann aufgehalten. Sie hat Bouillabaisse gegessen, das ist eine Suppe, die aus dem Mittelmeer gekocht wird, sämtliche Tiere des Mittelmeeres schwimmen undeutlich in ihr herum, und manche sind manchmal giftig.

Wenn Menschen sterben wollen, können sie sich auch mit Pilzen und mit Bouillabaisse das Leben nehmen, aber ich

100

glaube, sie müssen es dann extra in der Hotelküche bestellen.

Am Nebentisch saßen junge amerikanische Männer, tranken Champagner und taumelten mit ihren Händen und lauten Stimmen durcheinander.

Der Schweizer sah immerzu meine Mutter mit kranken grünen Augen an. Er wollte nett sein zu ihr und lud sie zu einer Flasche Vichy ein und sagte zu ihr: »Sie müssen früher einmal sehr schön gewesen sein.«

Da ist meine Mutter auf einmal still und ärgerlich geworden, ich konnte es nicht verstehen, der Schweizer auch nicht.

Die weiße Sonne wurde plötzlich glühend rot. Sie fiel ins Meer, das wild und flammend brannte.

Der Schweizer dachte traurig nach.

Er war traurig über das viele Geld, das so eine Zeitschrift kosten würde, und auf keinen Fall würde er es jemals hergeben. Er wollte meine Mutter noch zu einer Flasche Vichy einladen und ihr tröstlich die Hand drücken, aber dazu hatte meine Mutter keine Lust. Die Flammen des Meeres färbten sich golden und rot. Ihr Haar leuchtete wie der Gesang eines Mannes auf der Straße, Singen klirrte gegen die hohen Fensterscheiben und wollte herein.

Das Meer löschte die Sonne aus und wurde blank und schwarz. Der kleine braune Hoteldirektor brachte meiner Mutter einen großen Strauß gelber Mimosen. Weicher Duft überwehte den Tisch, meine Mutter war wieder froh. Als nachts mein Vater aus Paris anrief, hat sie den Telefonhörer gestreichelt.

Wir sind am nächsten Abend nach Italien gefahren zu meiner Großmutter.

»Kennst du das Land, wo die Zitronen blühn?« fragte meine Mutter, »da fahren wir jetzt hin.«

Und dann sind wir hingefahren, aber Zitronen haben nicht geblüht.

Ventimiglia ist die italienische Grenze, und da habe ich mich sofort über die Italiener geärgert. Sie nehmen nämlich die Pässe reisender Leute an sich und verschwinden damit in eine düstere Bahnhofskammer. Warum? Ich habe zuerst gedacht, sie wollten unseren Paß stehlen. Meine Mutter bekam vor Angst kalte glitschige Hände.

Wir wollten gleich weiterfahren zu meiner Großmutter nach Bordighera, aber durch diese Italiener versäumten wir den Zug. Den Paß haben sie uns wiedergegeben, aber man merkte, daß sie am liebsten alle Pässe behalten wollten.

Ich wollte schreien und mit den Füßen trampeln, meine Mutter ließ mich nicht.

Dann wurde es wunderbar wie im Märchenbuch. Mit einer Pferdedroschke fuhren wir nach Bordighera, es war kalt und dunkel, und der Kutscher legte Decken um uns. Das Pferd war braun und müde. Es blieb immerzu stehen. Und wenn es lief, wollte der Wagen nicht laufen und fiel immer halb um. Meine Mutter wollte mich beschützen, indem sie sich an mir festhielt.

Italienisch konnten wir noch nicht sprechen, aber meine Mutter freute sich, weil der Kutscher ›Signora‹ zu ihr sagte.

Wir fuhren an steinernen Bergen vorbei. Als ich einen dunkelgrünen Baum, an dem lebendige Orangen hingen, sah, bin ich aus dem Wagen gefallen, aber ich habe mir nicht weh getan. Ich bin zu dem Baum hingelaufen und habe die Orangen angefaßt und konnte es nicht glauben. Sonst hätte ich eine Orange abgepflückt.

Der Kutscher hat das Pferd weiterlaufen lassen, und meine Mutter mußte lange schreien, bis er es halten ließ. Ich bin dem Wagen nachgelaufen, und als ich endlich drin saß, war das Pferd wieder verärgert.

In Bordighera suchten wir zuerst meine Großmutter auf dem Bahnhof, sie war nicht da. Wir brauchten sie schrecklich nötig, weil wir gar kein Geld mehr hatten außer dem heiligen Schein. Der heilige Schein war ein Zehn-Dollar-Schein, den meine Mutter für die äußerste Not am Herzen trug und der nie ausgegeben werden durfte.

Wir suchten meine Großmutter im Hotel. Das Pferd

konnte Straßenecken nicht leiden, wollte nirgends einbiegen, sondern nur noch geradeaus laufen.

Dadurch fuhren wir an Meeresfelsen vorbei und fast bis Ospedaletti, das wir noch von weither durch den Abend funkeln sahen. Und noch weiter fort schimmerte ein Garten aus Sternen und Licht. Das war San Remo, der Kutscher rief es uns in den Wagen.

Nach langer Zeit und schwierigem Suchen entdeckten wir meine Großmutter in einem Hotel, das mein Vater nicht betreten würde, denn es war eine Familienpension, wo Glocken streng geläutet werden, wenn die Menschen essen sollen.

Italienisch konnte ich in Bordighera nicht so schnell lernen, weil ich zuerst fast gar keine Italiener fand. Die Menschen dort waren fast alle Deutsche, sie sprachen auch deutsch.

Die meisten Deutschen sprachen nur insofern ausländisch, indem sie ihre deutschen Worte mit französischer oder italienischer Betonung aussprachen.

Ich habe sehr gut aufgepaßt, aber was ich zuerst in Bordighera lernte, war gar kein Italienisch, sondern Berlinisch. Das stellte sich später heraus, und ich konnte es nicht wissen, denn Berlinisch war mir auch vollkommen fremd, es ist ein anderes Deutsch als Kölnisch.

In Polen habe ich auch einmal erlebt, daß ich sehr gut Polnisch sprach, doch dann war es auf einmal gar kein Polnisch, sondern Jiddisch.

Es ist nicht schwer, eine fremde Sprache zu sprechen, aber es ist gar nicht so leicht, zu lernen und zu wissen, welche man nun eigentlich spricht. Ich kann auch noch immer nicht Chinesen und Japaner unterscheiden.

Die Leute, die in Bordighera nicht deutsch waren, waren alte Engländerinnen, die mich immer festhalten wollten, wenn ich spielen wollte, und nach Hitler fragten. Ich kenne ihn gar nicht, aber mein Vater kann ihn nicht leiden. Wenn ich erwachsen bin, werde ich schon lernen, was mit ihm los ist.

Ich weiß aber, daß Hitler den Deutschen gehört und Mussolini den Italienern.

In unserer italienischen Pension haben die Deutschen immerzu Mussolini bewundert und gelobt. Dafür haben dann die Italiener Hitler bewundert und gelobt.

Meine Mutter lobt auch manchmal fremde Kinder von fremden Müttern, und dafür müssen dann die fremden Mütter mich loben. Das tun sie auch fast immer, aber sie können mich trotzdem oft nicht leiden.

Meine Großmutter kann Hitler auch nicht leiden, aber sie hat Angst vor ihm. Sie muß ja auch immer wieder zurück nach Deutschland, und da kann sie eingesperrt werden, weil sie mit uns zusammen war. Niemals darf sie laut sprechen. Die Deutschen sollen nicht laut sprechen, weil sie Radio hören sollen.

Meine Großmutter hat immer mit meiner Mutter geflüstert. Ich habe zuerst wirklich gedacht, es seien Geheimnisse, und die wollte ich gern wissen. Aber es waren gar keine Geheimnisse, sondern nur, daß sie sowenig Butter in Deutschland kaufen können. Und vorher hatte meine Großmutter noch gesagt: »Ach, Annchen, es war ja die höchste Zeit, um sich wieder einmal aussprechen zu können.«

Dann haben sie nur über die Butter gesprochen, und dazu mußten wir weit fahren und uns in Italien treffen.

Manchmal weiß ich nicht, ob ich Erwachsene nicht verstehe oder ob sie mir einfach zu dumm sind.

Meine Mutter hat in Bordighera seidene Nachthemden gesehen und von ihnen geträumt, weil sie so schön und so billig waren. Sie liebt meinen Vater, sie liebt meine Großmutter, sie liebt mich. Danach liebt sie Seide. Manchmal liebt sie Seide mehr als uns Menschen.

Meine Großmutter brauchte alles Geld für unser Leben und wollte kein seidenes Nachthemd kaufen.

Meine Mutter wollte den heiligen Dollarschein wechseln, denn man konnte ja soviel Lire für Dollars bekommen. Und sie wollte es heimlich tun.

Sie hat den Schein einem deutschen Mann gegeben, der

neben uns am Tisch saß und ein freundliches altes Gesicht hatte mit erstaunten Augen wie himmelblaue Glasmurmeln. Er trank Chianti, den italienischen Wein aus Korbflaschen, davon wurde ihm schlecht, so daß er Fernet Branca trinken mußte, einen italienischen Magenschnaps. Er lächelte immer sanft und verlegen und sprach wenig und undeutlich.

Meine Großmutter war mit ihm ins Gespräch gekommen, weil er auch aus Köln war: ein Zahnarzt, der stille Ferien genießen wollte und gemeinsam mit meiner Mutter über das schlechte Essen in der Pension schimpfte.

Weil er gut über Hitler sprach, wollte meine Mutter zuerst nicht mit ihm sprechen, aber meiner Großmutter wegen durfte sie nichts Auffälliges dagegen sagen und auch nicht, weil Italien überhaupt gefährlich ist. Und meine Großmutter fand ihn so harmlos und rührend und vertrauenerweckend. So einen Mann hätte sie gern für meine Mutter gehabt, besonders als er auf einmal gar keinen Chianti mehr trank.

Abends gab meine Mutter dem rührenden Mann den Zehn-Dollar-Schein, weil er ihn haben wollte, um ihn am nächsten Morgen für sie zu wechseln.

Immerzu hat er meine Mutter angesehen mit zitternden Augen. Meine Großmutter freute sich, daß er meine Mutter so wunderbar und schön fand. Ich mochte den Mann nicht, weil er so wacklig war wie ein alter Automat. Auch wenn er ganz ruhig saß, wackelte er. Wenn sein Kopf nicht wackelte, wackelten seine Augen. Er war eine häßliche Puppe, ein dummer Apparat.

Als wir am nächsten Mittag aus der heißen Sonne am Meer in die Pension kamen, da war dieser blauäugige Mann mit unserem Zehn-Dollar-Schein nach Frankreich abgereist.

Meine Mutter wollte meiner Großmutter zuerst nichts sagen, weil sie heimlich den Schein zum Wechseln fortgegeben hat, um Seide zu kaufen, das sollte ja meine Großmutter nicht wissen.

Meine Mutter hat viel mehr Angst vor meiner Großmutter, als ich vor meiner Mutter habe. Darum lügt sie auch manchmal vor meiner Großmutter, aber nicht vor mir, und ich brauche meine Mutter auch nie anzulügen. Aber wenn sie immer wieder streng zu mir werden würde und schimpfen, würde ich vielleicht auch lügen.

Dabei kann meine Großmutter uns ja aber gar nichts tun, sie hat nichts weiter als manchmal strenge Worte und die strenge Haube ihrer weißen Haare. Schlagen tut sie nie. Sehr oft ist sie sogar freundlich und gut.

Meine Mutter konnte es nicht aushalten und erzählte die Sache mit dem Dollarschein meiner Großmutter, die wurde böse auf meine Mutter, auf Hitler und auf den abgereisten Mann. Sie sprachen fast nur noch von dem Mann und den zehn Dollars, es wurde mir langweilig.

Ich habe am Mittelmeer gespielt, der Strand besteht nicht aus Sand, sondern aus wunderschönen weißen Steinen, weiß und blank wie die Sonne. Die Sonne sticht wie mit Schwertern vom Himmel herunter, aber sie wärmt nicht. Und auch die Pflanzen sind hier kriegerische Pflanzen. Riesenhafte Kakteen wachsen an den felsigen Hängen, ihre stachligen Blätter sind gefährlich. Die können einen Menschen töten, wenn man ihn damit haut.

Die Blätter der Palmen sind scharfe grüne Schwerter.

Die Orangen und Zitronen sehen aus wie goldene Geschosse.

Die ganze Stadt ist streng und wild emporgebaut wie eine Festung aus härtestem Felsen. Wilde Felsen wachsen aus dem Meer, wo das bunte kleine Café steht, zwischen ihnen kochen weiß und sprühend die Wellen. Mitten drin steht eine winzige Bretterhütte, die ist das Klosett, im Café selbst gibt es keins. Und ich hatte immer gedacht, die unbequemsten Klosetts seien in Polen.

Manche Kakteen haben zwischen ihren graugrünen Stachelblättern eine einsame weiche feurig-rote oder violette Blüte. Die Blätter der Olivenbäume sind silbrige metallene Plättchen. Dazwischen blühen in rasendem Gelb die Mimosensträucher, wie leuchtende Trauben hängen die staubenden Blüten über allen Wegen, jede einzelne Blüte ist ein winziger fedriger Ball.

Ich habe sehr viel weiße Steine gesammelt, sie waren so weiß, daß ich manchmal Angst vor ihnen hatte. Den Tieren ging es auch so. Ich sah auch keine Vögel fliegen.

Nie wurden Meerestiere an den Strand geschwemmt, nie sah ich kleine Fische im Meer schwimmen; auf den Blüten, die es gab, saß nie ein Schmetterling.

Die ganze Welt war viel zu schön und groß und giftig, und ich erstarrte manchmal wie die weißen Steine.

Meine Mutter und meine Großmutter wurden krank, weil sie das Klima nicht vertragen konnten.

Der Himmel war so weit fort, die Sonne war so weit fort, niemals gab es beruhigende Wolken, alles war so heiß und eisig, hart und glatt. Weit fort im Meer sahen wir manchmal ein Kriegsschiff schwimmen.

Alle Kraft in den Augen meiner Großmutter war vernichtet, als sie abfuhr, um nach Genua und in die Schweiz und von dort aus nach Deutschland zu fahren. Ihr Mund war so schwach und verwelkt, daß er uns kaum noch küssen konnte. Ihre Tränen waren blaß und gelblich, früher hatte sie immer beim Abschied schöne gesunde rosa Tränen geweint.

Meine Mutter weinte erst verspätet, als der Zug schon fuhr.

Mit einem blanken großen rosa Autobus sind meine Mutter und ich nach Nizza gefahren, in rasender Fahrt an Abgründen entlang, auf einer Straße, die immer schmaler aussah als das Auto. Riesenhafte Felsen bedrängten uns von der einen Seite, wollten herunterbrechen und alles zertrümmern. Und auf der andern Seite war ein steiler Abgrund bis zum Meer. Ich habe meiner Mutter die Augen zugehalten, weil sie das alles nicht sehen konnte, aber immer wieder sehen wollte.

Der Autobus hatte Radio, daraus sangen Lieder, wir konnten mit Gesang in das glitzernde blaue Meer fliegen. Dann hätten wir verzaubert und gefangen für ewige Zeiten gemeinsam auf dem Meeresgrund geruht, denn unter Wasser kann man Autotüren niemals mehr öffnen. Ich hatte aber keine Angst, weil so fröhliche Leute im Autobus waren, von denen man wußte, daß ihnen nie was Schlimmes passiert.

An der Grenze sammelten grüne italienische Soldaten wieder alle unsere Pässe und verschwanden damit.

Wenn Grenzen nicht immer schrecklich wären, wäre diese Grenze eine bunte lustige Grenze gewesen. Denn es standen bunte Verkaufsstände auf der Straße, Kinder spielten, Blumen wuchsen aus dem hohen Felsgestein, das Radio im Autobus sang und geigte so weich wie das Meer. Von weitem leuchteten uns Städte entgegen, die schon in Frankreich waren.

Hinter uns und vor uns standen viele Privatautos. Drei Männer wurden festgenommen, weil sie Geld hatten. Und wir haben immer nur Angst, daß wir mal festgenommen werden, weil wir kein Geld haben.

Als wir in Nizza ankamen, war es dunkel. Wir gingen gleich in das Hotel, das mein Vater uns angegeben hatte. Es lag mitten in der Stadt an einem großen Platz mit grünen und blonden Möbeln. Und hatte sehr schönes Briefpapier.

Wir waren sehr müde und gingen gleich schlafen.

In der Nacht fing die Welt an zu schreien.

Es schrie, unser Bett war voll Geschrei, das ganze Hotel war voll Geschrei, es schrie immer mehr, die ganze Welt schrie.

Meine Mutter und ich saßen aufrecht im Bett. Wir atmeten nicht mehr und fragten nicht und sprachen auch nicht zusammen.

Als ich dachte, ich sei totgeschrien, bin ich eingeschlafen. Aber ich wachte wieder auf, es war Morgen. Die Welt war wieder stumm.

Eine schöne dicke, braune Frau brachte uns das Frühstück und lachte.

Das war Suzanne aus Savoyen.

Die Welt hatte gar nicht geschrien, auf dem Platz vor unserem Hotel war nur eine Ausstellung von tausend Hähnen gewesen. Und jeder Hahn hatte lauter sein wollen als der andere. Diese Ausstellung dauerte drei Tage, und drei Nächte. So lange tobte die Welt, als würde sie geschlachtet.

Zu dieser Zeit fingen die Deutschen an, Österreich zu nehmen. In Nizza war gerade Karneval. Karneval ist auch etwas wie Krieg. Man hat nicht das Gefühl, daß karnevalistische Leute einander leiden können. Es heißt ja auch alles Schlacht: Blumenschlacht, Konfettischlacht.

Dicht gedrängt, in endlosem Zug, schoben die Menschen sich langsam die Avenue de la Victoire entlang, stundenweit standen die Stände mit den bunten Konfettitüten. Die Leute warfen einander Konfetti ins Gesicht, möglichst fest, damit es weh tat, sie steckten einander Konfetti in den Hals, auf der Erde wuchs die Konfettimasse immer höher.

Einmal weinte meine Mutter, weil unsere Schuhe zerrissen waren und dem stumpfen karnevalistischen Qualm nicht mehr gewachsen. Und wir wateten durch Konfettimassen mit anderen Menschen und bildeten gemeinsam eine müde schleichende Schlange. Ich erstickte beinahe, ein Strauß aus Mimosen und Veilchen wurde von einem Matrosen nach mir geworfen und traf meine Mutter ins Auge.

Das tat ihr weh.

Als wir endlich in ein Restaurant flüchten konnten, bestellte meine Mutter Pfefferminztee. Sie zog mir die Schuhe aus und schüttelte das Konfetti heraus. Das nützte aber gar nichts. Ewig quillt Konfetti aus mir. Im Café schrieb meine Mutter sieben Postkarten an deutsche Freundinnen und Freunde. Aus mir wird ewig Konfetti strömen – unsere Hotelzimmer sind voll davon.

Meistens konnten wir die Avenue de la Victoire nicht überqueren, um zu unserem Hotel zu gelangen, nachdem wir am Strand gewesen waren, weil alles wegen eines Umzugs abgesperrt war. Wir haben oft den Umzug gesehen:

riesenhafte bunte Wagen mit riesenhaften Maskenmen-
schen.

Manchmal saßen wir auf der Promenade des Anglais am
Meer auf weißen Stühlen. Wir sahen viele braungebrann-
te schöne reiche Menschen, auch Autos und sehr arme
alte Frauen und Männer.

Die Amerikanerinnen trugen meistens die flachen gelben
Volkshüte aus Stroh.

Ein winziges Kind in Nizzaer Tracht verkaufte Veilchen in
den Cafés und verlor immer die Hälfte. Die erwachsenen
Blumenverkäuferinnen trugen auch Volkskleider und sahen schön und lustig aus, und die Amerikaner und Engländer ließen sich manchmal Arm in Arm mit ihnen vor
dem Café Savoy photographieren.

Wenn man in die Nähe des Strandes kam, gab es nur
wenig Franzosen, fast nur Amerikaner und Engländer.
Ich habe erst viel später gelernt, sie voneinander zu unterscheiden.

Wir mußten wieder lange Zeit auf meinen Vater warten,
aber dann ist er gekommen.

Meine Mutter ertrug es nicht mehr, die wunderbaren Geschäfte mit den Langusten und dem Gemüse zu sehen,
alles war so schrecklich billig.

Sie wollte kochen, es war ihr höchster Wunsch, und sie
sprach von nichts anderem mehr.

Um sie abzulenken, fuhr mein Vater mal mit uns nach
Mentone und nach Monte Carlo, wo meine Mutter und
ich ein wunderbares riesenhaftes Aquarium sahen und
mein Vater während dieser Zeit im Spielkasino hundert
Francs beim Roulette verlor.

Roulette kann ich auch spielen, einmal war ich in Ostende
und einmal in Nizza im Kasino. Es macht mir aber nicht
viel Spaß und kostet auch sehr viel Geld, ich habe viel
lieber Automaten. Beim Roulette muß man bunte Horn-
marken kaufen, die sehr hübsch aussehen und eigentlich

viel zu schade sind, als daß man sie auf die Felder von dem großen grünen Tisch legt, von wo sie dann von den Männern mit langen Harken forgescharrt werden. Manchmal bekommt man auch welche hinzu, aber zum Schluß ist immer wieder alles weg.

An einem warmen Tag, an dem nicht nur mittags die Sonne stach, fuhren wir nach Juan les Pins, um zu baden, denn es gibt sonst nirgends an der Côte d'Azur einen Strand mit weichem Sand, überall sind die weißen Steine, die so schön aussehen und so schrecklich weh an den Füßen tun, wenn man ins Wasser gehen will.

Das Meer sieht aus wie das sauberste Wasser der Welt, aber wenn man ganz nah rankommt, ist es gar nicht so furchtbar sauber.

Unser Zimmermädchen Suzanne schenkte uns einen kleinen Strauß aus buntgelackten Olivenschalen zum Anstekken. – Zum Essen habe ich Oliven nicht gern, aber mein Vater mag sie.

Suzanne mochte meinen Vater sehr, sie lachte immer mit ihm, sie lachte überhaupt den ganzen Tag und weinte nur mal ganz kurz und schnell zwischendurch, aber nicht weil irgendwas Trauriges passiert war.

Suzanne konnte nicht leiden, daß mein Vater durch das Nebenzimmer gestört wurde. Da wohnte eine alte Dame, die kreischte den ganzen Tag wie ein Papagei oder wie die Ausstellung von Hähnen. Aber Suzanne hat gleich dafür gesorgt, daß sie nach drei Tagen auszog, obwohl sie drei Monate bleiben wollte.

Zimmermädchen haben eine große Macht, und Suzanne konnte sie besonders gut ausüben.

Wenn die Dame klingelte, ging Suzanne nicht hin, sondern machte einfach das Lichtsignal ihres Zimmers an der Klingeltafel etwas kaputt, um vor der Hoteldirektion bei Beschwerden gesichert zu sein.

Wenn die Dame schlief, schnurrte Suzanne mit dem Staubsauger vor ihrem Zimmer auf und ab und stieß dabei gegen die Tür, daß es knallte.

Wenn die Dame Kaffee im Bett verschüttete, gab Suzanne ihr kein neues Bettuch, sondern erst, wenn der zum Bettwäschewechseln bestimmte Tag gekommen war.

Wenn mein Vater badete, machte Suzanne ganz schnell in dieser kurzen Zeit das Zimmer, damit wir dann behaglich drin sitzen konnten. Wenn die Dame fortging, machte Suzanne erst sämtliche anderen Zimmer, so daß das Zimmer der Dame immer noch nicht gemacht war, wenn sie zurückkam. Und so gibt es tausend Dinge, mit denen ein Zimmermädchen einen Gast ärgern kann, und der merkt gar nicht, daß er mit Absicht geärgert wird.

Meinem Vater erzählen sie immer alle Geheimnisse. Manchmal gibt es Zimmermädchen, die stehlen, und die machen es dann meistens so: sie verstecken Nachthemden oder Pyjamas vor der Abreise des Gastes so fest im Bett, daß der Gast sie nicht sieht und meistens vergißt oder denkt, er habe schon alles eingepackt. Wenn der Gast später schreibt, finden sie die Sachen und geben sie ehrlich bei der Direktion zum Nachschicken ab.

Suzanne hat gesagt, sie kenne Zimmermädchen, die mehr stehlen.

Wir kennen eigentlich nur sehr wenig Stehlende, aber meine Mutter hat mal geklagt, daß sie immer die besten Hemden und Schlüpfer stehlen.

Da meinte aber Suzanne sehr lebhaft und ernst, daß es vollkommen sinnlos sei, etwas Schlechtes zu stehlen, wenn man schon überhaupt stehle. Und das ist ja wahr. Erstens hat man an schlechten Dingen keine Freude, und wenn es rauskommt, sind Ärger und Strafe bei einem zerrissenen Hemd genauso wie bei den besten neuen Seidenstrümpfen.

Es waren noch mehr deutsche Dichter in Nizza. Alle sagten, daß man nirgends so billig leben könne wie in Südfrankreich.

Mein Vater saß mit den Dichtern meistens in dem großen Café Monnot am Place de la Victoire und trank Mirabellengeist und manchmal auch Pale Ale. Oder er saß am

Place Massena, wo die vielen Matrosen aller Länder aus- und einliefen. Er kannte später sehr viele Matrosen, die meistens mehr tranken als die Dichter und von denen viele meinem Vater auch besser gefielen.

Meine Mutter freundete sich mit einer Dichterfrau an, die mit ihrem Mann drei möblierte Zimmer gemietet hatte, die kochte und fast nichts zum Leben brauchte.

Als meine Mutter das hörte, hielt sie es nicht mehr aus. Mein Vater sah schließlich auch ein, daß wir mit Spar- samkeit sorglos ein halbes Jahr leben könnten, während sonst in vier Wochen wieder unsere ganze Not dasein wür- de. Und wir wollten seßhaft werden und sparsam und weniger Sorgen haben.

Meine Mutter mietete zwei Zimmer und einen Herd. Ich habe sie noch nie so glücklich gesehen. Wir kauften Koch- töpfe im Bazar und Löffel und Messer und Gabeln und einen ganz billigen schönen Baumwollstoff für Sommer- kleider, denn es wurde jetzt sehr heiß. Meine Mutter durf- te die Kleider auf der Nähmaschine der Concierge nähen. Am nächsten Morgen haben wir gekocht, ich durfte mei- ner Mutter helfen. Wir hatten Artischocken mit Essig- soße, die mein Vater so gern mag, und Kalbsleber und Blumenkohl und dann noch jeder ein Stück Ananas, der Rest wurde aufgehoben.

Mein Vater bekam auch noch Käse und eine Tasse Kaffee mit einem Kognak und den Paris-Soir zu lesen, zum Schluß durfte er sich auf das Sofa legen.

Mein Vater war ganz glücklich und hat gesagt, er danke meiner Mutter und sehe ein, daß so ein ruhiges Leben was für sich habe. Er hat sich genau erklären lassen, was das Essen gekostet hatte.

Die Kalbsleber war etwas schwarz gewesen, aber das lag daran, daß unsere Pfanne noch zu neu und nicht sehr gut war. Am nächsten Tag wollten wir Selleriestauden haben und Tomates Provençales mit Knoblauch machen und einen Topf mit einer rosa Geranie kaufen.

Und für den Abend hatten wir alle Dichter eingeladen, mein Vater hätte auch zwei Matrosen mitbringen dürfen.

Nachmittags ging ich mit meiner Mutter spazieren bis Saint-Maurice und von dort in die Berge, wo Wasserfälle rauschen, wo ein kleines Dorf auf einen hängenden Felsen gebaut ist.

Wir gingen auf dem Rückweg durch das italienische Viertel, das so schmutzig und laut und zerbrechlich ist. Dort kann man alles besonders billig kaufen.

Auf den Wiesen der Berge hatten wir einen Olivenzweig gepflückt und wunderschöne bunte Blumen.

Zu Hause saß mein Vater unruhig auf dem Sofa, klatschte in die Hände und sagte: »Kinder, Kinder, ist das Leben manchmal großartig, jetzt wird vielleicht alles gut werden, jetzt wird ein Aufstieg kommen. Heute nachmittag war ich auf dem amerikanischen Konsulat und bei Cook. Ich habe unser amerikanisches Visum und die Schiffskarten. Wollte euch überraschen, Kinder. Habe glänzende Briefe von drüben, mit der Metro-Goldwyn werde ich wahrscheinlich auch ein Geschäft machen können, aber man muß natürlich an Ort und Stelle sein, sich das Ganze mal ansehen. Drüben bleiben werden wir natürlich nicht, unsere Heimat ist Europa, das liegt mir am Herzen, und wenn es wirklich zugrunde geht, will ich dabeisein. In fünf Tagen fährt unser Schiff von Rotterdam ab, vorher müssen wir noch ein paar Leute in Saint-Raphael und in Avignon treffen. Die Stadt der Päpste, Annchen! Dann noch einen Aufenthalt in Paris machen. Ich habe vorgestern auch einen sehr netten Seidenfabrikanten aus Lyon kennengelernt, er fährt heute ab und hat uns zu sich nach Lyon eingeladen. Aber das werden wir nicht mehr schaffen können, und Geld für eine Zeitung wird er wohl auch nicht geben. Aber er sammelt Kunstgegenstände, und ich kenne jemand, der einen Botticelli besitzt, der mir einen merkwürdig echten Eindruck macht – ich habe so das Gefühl, daß man mal etwas an dem Bild kratzen müßte, um dann darunter wirklich einen Meister alter italienischer Schule zu finden. Irgendwie riecht mir das Bild nicht nur nach Fälschung. Na, man müßte noch mal darüber nachdenken.

Mein süßes Annchen, heute werden wir mit den braven Kollegen hier feiern. Die beiden Matrosen habe ich lieber doch nicht mitgebracht, sie ruinieren vielleicht eine so hübsche Wohnung, wenn sie betrunken sind, vielleicht fühlen sie sich auch etwas befangen. Wie behaglich du alles hier gemacht hast, Annchen! Wirklich, ich verstehe jetzt den Reiz einer Häuslichkeit, nur Blumen auf dem Schreibtisch kann ich nicht leiden.

Statt der Matrosen habe ich zwei Flaschen alten Napoléon und für dich eine Flasche trockenen Champagner mitgebracht. Haben wir Gläser? Natürlich nicht. Und kein Kellner ist da, dem man klingeln kann. Wie mir so eine Klingeltafel fehlt, Annchen! Und du wirst uns ein wunderbares Essen kochen, Annchen – ich ahnte ja gar nicht, daß meine Frau so prachtvoll kochen kann. Was gibt es denn heute? Gott, Annchen! Siehst du aus meiner Frage, was für ein braver bürgerlicher Familienvater ich schon geworden bin? Bist du glücklich, Annchen?«

»Ach nein«, sagte meine Mutter leise und müde.

»Annchen, du wirst mir doch nicht einen der wenigen glücklichen Abende meines Lebens verderben wollen! Komm, küß mich. Kully, freust du dich auf Amerika?«

»Werden wir alle Kochtöpfe mitnehmen?«, habe ich gefragt.

»Aber nein, Kully«, rief mein Vater und lachte, »wozu brauchen wir dieses ganze Zeug denn noch?«

Alles ging sehr schnell. Wir sind in einem Ruck nach Amsterdam gefahren, weil wir keine Zeit hatten und kein Geld, um die Reise zu unterbrechen.

Abends kamen wir in Amsterdam an und wurden von Herrn Krabbe abgeholt.

Mein Vater hat sich noch auf dem Bahnsteig alles Geld von ihm geben lassen, das er bei sich hatte. Leider hat Herr Krabbe nie genug bei sich, und er sagte auch, daß mit dem letzten Buch von meinem Vater gar kein Geschäft gemacht worden sei, obwohl es doch sein bestes Buch sei.

Meine Mutter war vor Müdigkeit fast aus dem Zug herausgefallen. Immer hat sie während der Fahrt an Nizza gedacht und den blauen Himmel, an unsere kleine Wohnung, die herrlichen billigen Lebensmittelgeschäfte, an unsere zurückgebliebenen Kochtöpfe und die Geranie. Sie haßte Amerika und hatte überhaupt keine Lust hinzufahren.

Meine Mutter hatte Brechreiz, ich bekomme ihn auch manchmal, wenn ich sehr lange in der Eisenbahn fahre. Als ich einmal ganz allein mit einem Flugzeug von Wien nach Prag geflogen bin, war mir gar nicht schlecht. Ich mußte mich nur übergeben, weil die anderen Leute es taten. Wir sind nämlich ein paarmal in Wolkenlöcher gefallen, im Lift hat man oft ein ähnliches Gefühl.

Mein Vater brachte meine Mutter in ein Hotel am Bahnhof und legte sie in ein Bett und deckte sie zu. Sie hatte keine Kraft mehr, bis nach Rotterdam zu fahren. Sie sollte in Ruhe ein paar Stunden schlafen, denn unser Schiff fuhr erst um Mitternacht von Rotterdam ab.

Sie sollte sich überhaupt um nichts mehr kümmern. Mein Vater fuhr mit mir und dem Gepäck gleich nach Rotterdam, weil er aufgeregt war und alles erledigen wollte, vor allem die Formalitäten, die immer etwas Lästiges sind. Ich war gar nicht müde, weil ich die ganze Zeit im Zug auf einer Bank und im Schoß meiner Mutter geschlafen hatte. Mein Vater hatte Herrn Krabbe beauftragt, meine Mutter rechtzeitig zu wecken, um sie aufs Schiff zu bringen. Damals war Herr Krabbe noch furchtbar nett, wollte immer alles tun und helfen. Man konnte sich auf ihn verlassen.

Hafen und Nacht in Rotterdam waren ein schwarzes Gebäude, ruhelose Lichter blinkten und machten nichts klar. Alles summte und tönte, ich konnte die Menschen nicht mehr von den spiegelnden Lichtern im schwarzen Wasser unterscheiden, nichts sah nach Meer aus, nichts nach Menschen.

Das Schiff war ein Schloß mit roten Teppichen und Dienern. Ich merkte erst viel später, daß es ein Schiff war. Ich war schon längst auf dem Schiff und wußte noch immer nicht, daß ich drauf war. Ich ging immer weiter durch das Schiff, hielt es für eine Vorbereitung auf das wirkliche Schiff. In einem kleinen Zimmer wurde ich auf ein Bett gelegt.

Eine Frau wie eine Krankenschwester versprach mir, daß mein Vater bald kommen werde mit meiner Mutter. Man konnte nicht aus dem Fenster sehen in dem kleinen Zimmer, irgendwo war ein Viereck aus dunklem gemustertem Glas. Über den langen Gang vor meiner Tür eilten Lachen und Lärm, und von weit her hörte ich Musik.

Als ich erwachte, zitterte mein Bett leicht und schwirrend und unablässig, und dumpfes schweres Stampfen klang aus der Tiefe. Auf dem Bett gegenüber saß mein Vater mit gesträubten Haaren. Das Schiff fuhr. Meine Mutter war nicht mitgekommen.

Später erfuhren wir, daß Herr Krabbe im Hotel war und meine Mutter telefonisch wecken lassen wollte. Aber die Leute im Hotel sagten Herrn Krabbe aus Dummheit und aus Versehen, meine Mutter sei bereits fortgegangen.

Als meine Mutter aufgewacht war, war noch gerade so viel Zeit, um das Schiff in Rotterdam zu erreichen. Aber sie hatte keinen Cent Geld mehr, um bis Rotterdam zu kommen, und Herr Krabbe war weit und breit nicht aufzufinden.

Mein Vater hat die ganze Zeit über gedacht, meine Mutter sei längst auf dem Schiff und bei mir in der Kabine.

Zuerst ist mein Vater mit mir zum Bordfunker gelaufen. Wir haben für meine Mutter an Herrn Krabbe telegrafiert, daß sie mit einem Flugzeug nach Boulogne fliegen solle oder nach Cherbourg, wo unser Schiff hielt.

Dann bekamen wir furchtbare Angst, daß meiner Mutter was passiert sein könnte, und telegrafierten noch einmal. Mein Vater hat sich nicht ausgezogen, er hat die ganze Nacht nicht geschlafen, und ich bin immer wieder aufgewacht.

Am frühen Morgen kam ein Telegramm von Herrn Krabbe, daß meine Mutter lebe, daß sie gesund sei. Aber sie konnte nicht nach Boulogne fliegen, weil mein Vater ihren Paß bei sich trug. Das hatten wir ganz vergessen.

Ich wollte so gern in Boulogne aussteigen, aber dazu hatten wir kein Geld mehr. Wir konnten nur von Boulogne aus meiner Mutter den Paß schicken lassen, dann sollte sie mit dem nächsten Schiff uns nachfahren.

Aber auch das konnte nicht schnell gehen, denn die Schiffe fahren nicht täglich. Es mußte ein Schiff der gleichen Linie sein und eins in der gleichen Preislage. Es gibt nämlich noch viel teurere Schiffe, die größer sind und schneller fahren.

Unser Schiff war auch sehr groß. Ich bin ein paarmal hin- und hergelaufen von einem Ende bis ans andere.

Als es dann mitten auf dem Meer war, fand ich es gar nicht mehr so groß. Ich merkte deutlich, daß es ein Schiff war, und fand es jeden Tag kleiner.

Ein ganz richtiges Schiff müßte allerdings noch kleiner sein und so, daß man sich wirklich auf dem Wasser befindet, das Wasser anfassen kann.

Ich bin einmal gesegelt bei Dänemark, deshalb hatte ich jetzt kaum Angst.

Angst hatte ich eigentlich nie, ich wollte nur nach dem dritten Tag endlich mal aussteigen. Und ich mußte auch immer an meine Mutter denken, die nie im Leben allein war, nur manchmal ohne meinen Vater. Aber jetzt hatte sie noch nicht einmal mehr mich zum Beschützen. Ich habe mir vorgestellt, wie sie weint und aufgeregte Dinge tut.

Wer wird bei ihr schlafen? Nachts hat sie immer soviel Angst, und nachts muß auf jeden Fall jemand bei ihr sein. Mein Vater kann gut allein schlafen, aber ich tue es auch gar nicht gern. Auch wenn man ganz fest schläft, fühlt man, daß noch ein anderer Schlaf liebevoll bei einem ist. Hoffentlich muß meine Mutter nicht allein schlafen, und hoffentlich schläft ein gutes Wesen bei ihr, das sie nicht beißt und im Schlafen schlägt.

Ich habe mit meinem Vater davon gesprochen und ihn gebeten, an Herrn Krabbe zu telegrafieren, damit er bei ihr schläft. Das wollte mein Vater unter keinen Umständen tun, dabei ging es ihm nicht um das Geld für ein Telegramm, er hat sogar an die Dame mit dem Vogelnest telegrafiert, daß sie sich meiner Mutter annehmen solle. Aber meine Mutter wird niemals mit dem Vogelnest schlafen wollen, denn es riecht nicht gut und schnarcht so furchtbar, daß man sich wundert, wie ein Mensch, der wachend ziemlich still ist, schlafend derartigen Krach machen kann. Wir haben das mal gehört, als sie mittags in unserem Hotel in Ostende eine Stunde auf dem Diwan schlief. Niemals hat es einen Sinn, Menschen zu sagen, daß sie schnarchen wie rasselnde Schlangen oder wie wilde heisere Trompeten – sie wissen nicht, was sie tun im Schlaf, und glauben einem nie.

Ich fand Herrn Krabbe viel geeigneter, um bei meiner Mutter zu schlafen, aber leider ist er nachts bereits verpflichtet. Darum kann er so eine Gefälligkeit nicht übernehmen. Irgendwo müßte meine Mutter sich ein holländisches Kind leihen, ich kenne nur kein geeignetes.

Wir fahren erster Klasse auf dem Schiff, weil wir dann mit größerer Leichtigkeit an Land gelassen werden, aber auch weil ein amerikanischer Freund meines Vaters ihm einen Teil des Reisegeldes geschickt hat.

Wind und Wellen sind imstande, dieses riesenhafte Schiff zu bewegen, und wenn das Bett kein Gitter zum Festhalten hätte, würde ich nachts aus dem Bett fallen. Wenn man runtergehen will in den Speisesaal, dann bewegen sich die Treppen, schwanken aufregend wie in einem Vergnügungspark.

Die Türen, die aufs Deck und ins Freie führen, werden durch Regen und Wind so fest zugestemmt, daß ich sie mit eigener Kraft nicht öffnen kann.

Ein dicker freundlicher Matrose in weißem Anzug hilft mir immer.

Ich habe ihn zuerst für den Kapitän gehalten, aber er ist Decksteward. Später habe ich mit meinem Vater den Kapitän kennengelernt und wollte höflich sein. Ich habe ›Herr Steward‹ zu ihm gesagt.

Aber mein Vater sagte, ich dürfe das nicht, der Kapitän sei mehr. So etwas wie der König des Schiffes.

Es richtet sich alles nach den goldenen Ringen, die die Seemänner auf die Ärmel ihrer dunkelblauen Anzüge genäht haben.

Der Kapitän und der Erste Offizier sollen das Schiff lenken, aber sie lassen es meistens von allein fahren, weil sie den reisenden Damen gehören, mit ihnen tanzen und ihnen das Schiff zeigen müssen. Wahrscheinlich zahlen manche Damen dafür einen höheren Fahrpreis. Nur wenn Nebel kommt und ein Horn tutet, werden die Offiziere aufgeregt und laufen fort.

Viele Leute wurden seekrank und wollten nicht mehr essen und runter in den Speiseraum gehen, weil der Boden da am meisten schwankte.

Man darf auf so einem Schiff die wunderbarsten Sachen essen und soviel, wie man will. Ich wurde nicht krank. Ich habe so viel gegessen, daß mein Bauch dick wie eine Kugel wurde. Mein Vater genierte sich, mit so einem fetten Emigrantenkind in New York zu erscheinen.

Mein Vater wurde nicht krank, aber er wollte auch nicht essen. Er war überhaupt so komisch, wie ich ihn noch nie erlebt habe.

Am fünften Tage konnte er es auf einmal nicht mehr auf dem Schiff aushalten. Er wollte mit niemand mehr sprechen, er konnte die Menschen alle nicht mehr leiden. Er haßte den Speiseraum mit den schönen Blumen auf den Tischen und die nackten Frauen in den Abendkleidern. Er wollte auf keinem Liegestuhl liegen und keine Bordspiele spielen, obwohl auf so einem Schiff alle Erwachsenen hüpfen und spielen wie Kinder, die noch nicht mal so alt sind wie ich. Er wollte auch nicht mit mir ins Kino gehen, da bin ich mal allein gegangen. Es war mir langweilig, immer zu sehen, wie Erwachsene sich küssen.

Ich lernte später Matrosen kennen, die Englisch mit mir sprachen. Die hatten aber leider nicht immer Zeit.

Ein paarmal bin ich auch heimlich in die dritte Klasse geklettert.

Da fand ich drei Kinder aus Berlin, die mit ihren Eltern für immer nach Amerika auswanderten. Sie waren ziemlich traurig und sprachen nicht viel.

Einmal sagte mir ein älterer Junge: »Du bist ja gar keine richtige Emigrantin, ihr seid ja noch nicht mal Juden, ihr seid Luxusemigranten.«

Einmal stand ich abends allein auf dem mittleren Deck und dachte an meine Mutter. Ich wollte ihr so furchtbar gern das herrliche Essen schicken.

Auf diesem Schiff hatte man ja alles umsonst. Ich hätte mir mittags fünfzig Braten und Hühner und Erdbeeren bestellen und dann heimlich alles einpacken und fortschicken können.

Aber wie? Einfach ein Paket machen, die Adresse drauf schreiben und ins Meer werfen? Ob das ankommen würde? Die Telegramme kommen ja auch an.

Stürmische Wellen kamen bis aufs Deck, rissen an meinen Füßen und machten sie naß. Wenn man mitten auf dem Meer ist, wird der Himmel so eng wie eine Käseglocke, man kann gar nicht so weit sehen, wie man will.

Mein Vater lag fast immer starr und stumm in seiner Kabine auf dem Bett, manchmal saß er im Rauchsalon und trank Whisky, der mußte extra bezahlt werden.

Sonst brauchten wir die ganze Zeit, die wir auf dem Schiff waren, überhaupt keine Sorgen zu haben, so was hatten wir fast nie erlebt. Meine Mutter wäre bestimmt froh gewesen.

An meinem Vater hatte ich während der ganzen Reise keine Freude. Er wollte am liebsten auch von mir in Ruhe gelassen werden. Einmal wollte eine Engländerin Bridge mit mir spielen, aber das konnte ich nicht, und ich mochte es auch nicht lernen.

Dann wollte sie, daß ich meinen Vater aufheitern solle, damit er nicht soviel Rum und Whisky trinke.

Damit kann man einen Menschen, der nicht aufgeheitert werden will, erst recht nervös machen.

Mit Karten spiele ich nicht gern, lieber mit Würfeln.

Ich habe manchmal mit dem Schiffsarzt gewürfelt, der

auch nichts Besseres zu tun hatte, denn seekrank konnten die Leute ohne ihn sein, und andere Krankheiten hatten sie nicht.

Ich wußte schon gar nicht mehr, ob wir hundert Tage gefahren waren oder eine Woche. Ich konnte mir gar nicht vorstellen, daß wir noch einmal ankommen würden.

Auf dem Schiff wurde in geheimnisvoller Weise eine Zeitung hergestellt, in ihr las ich, daß Mai war und meine Mutter Geburtstag hatte.

Meine Mutter und ich wissen auch sonst oft nicht, in welchem Monat wir eigentlich leben, weil die Jahreszeiten in allen Ländern anders sind. Als wir aus Nizza abfuhren, war Sommer – einen Tag später hatten wir in Amsterdam Regen und Winter.

Wir haben auch sonst keine Zeiten, an denen wir uns festhalten können, manchmal erfahren wir nur ganz zufällig, daß Sonntag ist oder Weihnachten oder Allerheiligen. Ostern hätten wir einmal fast für Pfingsten gehalten. Wir vergessen oft, wie lange wir aus Deutschland fort sind, in welchem Jahr wir leben. Eines Tages werden wir auch unsere Geburtstage vergessen und nicht mehr wissen, wie alt wir sind.

Wir wissen auch oft gar nicht, wie lange wir an einem Ort sind. Das erfahren wir nur auf unangenehme Art durch die Hotelrechnung. Es stellt sich dann immer heraus, daß wir länger in dem Hotel waren, als wir dachten.

Auf dem Schiff gab es überhaupt keine Zeit mehr, und wir waren allein auf der Welt.

Nur einmal, als Nebel war, hörten wir ein fremdes Schiff tuten. Wir tuteten zurück.

Eines Tages wurde die Luft heiß und klebrig, und die Stewardeß erzählte mir, daß wir über den Golfstrom fahren würden.

Ich habe einmal in England viele Golfplätze gesehen, weil England zum Teil daraus besteht. Einen Golfstrom hätte ich furchtbar gern gesehen, noch dazu, wo er das Schiff und die Luft so erhitzte. Aber ich konnte ihn nicht entdecken, und ich hatte keine Lust, fremde Leute zu fragen, weil sie meistens nur lachen und einem doch nichts richtig erklären können.

Man muß dafür sorgen, daß man alles auf der Welt allein rausfindet. Ich habe auch schon viel herausgefunden.

Auf einmal war Betrieb auf dem Meer. Fremde Schiffe kamen uns aus weiter Ferne entgegen, Möwen flatterten heran, und dreimal sprangen große Fische aus dem Wasser.

Mein Vater wurde wieder etwas fröhlich, die Leute auf dem Schiff wurden fast alle gesund und lachten aufgeregter. Der Lunchroom war plötzlich voller Menschen, die man vorher nie gesehen hatte. Auch auf Deck nicht, wo kamen sie nur auf einmal her?

Auch mein Vater ging mit mir zum Essen hinunter. Die Musik spielte lebhafter, die Menschen sprachen unruhiger. Viele, die vorher nicht miteinander gesprochen hatten, freundeten sich an und vergaßen einander kurz danach.

Ich hatte die Leute ja alle gekannt. Mein Vater lachte, als ich es ihm erzählte, und aß eine Poularde und sagte: »Morgen sind wir in New York.«

Abends wollte er mit mir spazierengehen, vom höchsten bis zum niedrigsten Deck, durch das ganze Schiff.

Aber alle Leute sprachen vom Kofferpacken, da habe ich auch gleich die Koffer von meinem Vater gepackt, so wie ich es von meiner Mutter gesehen hatte.

Meine Koffer brauchte ich überhaupt nicht zu packen, weil ich sie gar nicht ausgepackt hatte. Ich habe immer dasselbe Kleid getragen. Es war etwas schmutzig.

Ich habe mich auch nur selten gekämmt, habe ohne Nachthemd geschlafen und abends manchmal nicht gebetet. Ich brauchte mich auch nicht zu waschen.

Einmal mußte ich nachts weinen, weil ich an meine Mutter dachte. Ich habe meiner Mutter geschrieben, daß sie mir verzeiht, und ihr versprochen, dafür später einmal eine ganze Stunde zu baden. Das habe ich dann auch getan.

Manchmal fand ich es sehr schön auf dem Schiff.

Am nächsten Morgen war mein Vater fast mit allen Leuten auf dem Schiff befreundet.

Wir standen an Deck und sahen fröhliche grüne Hügel mit roten Häusern, das Meer wurde enger, wir fuhren wie auf einem Fluß. Wir sahen ein großes Denkmal im Wasser, die Freiheitsstatue, eine dicke jubelnde Frau.

Häuser, wie riesige Spielzeugschachteln, kamen näher, ein kleines Boot landete an unserem Schiff, entlud detektivartige beamtenhafte Männer mit Aktenmappen. Solche Männer sind fast immer lästig, weil sie Menschen und Pässe kontrollieren.

Wir landeten in Hoboken, das ist ein Teil von New York. Wir verteilten unser Geld an Stewards, an Leute von der Musik, bis wir nichts mehr hatten.

Der Barmann brachte meinem Vater noch ein großes Glas Sherry in die Kabine, in der sich Männer von der Zeitung versammelt hatten. Der amerikanische Verleger meines Vaters hatte angekündigt, daß wir ankommen würden.

Sie saßen auf unseren Koffern und auf unseren Betten, aber es war ja gar nicht mein Bett. Ich hatte die ganze Zeit über allein geschlafen. Nie in meinem Leben mußte ich so lange allein schlafen, und ich erzählte es den Zeitungsleuten, denn sie wollten viel erzählt haben, und mein Vater hat nicht viel Lust, morgens früh soviel zu sprechen. Er wird auch nicht gern gefragt.

Es war schwer, die Männer zu verstehen, sie sprachen nicht englisch wie Engländer, sie rollten die Worte in ihrem Mund herum und ließen sie nicht heraus, denn sie taten die Zähne nicht auseinander.

Ich konnte die Männer aber bald verstehen. Sie hatten so freundliche Augen, waren so nett zu mir und hätten bestimmt gleich mit mir gespielt, wenn sie meinen Vater nicht soviel hätten fragen müssen.

Natürlich war ich vorsichtig, denn ich wußte sehr gut aus Zeitungen, daß in Amerika Kinder gestohlen werden, vor allem reiche Kinder. Darum habe ich auch gleich gesagt, sie sollen in der Zeitung schreiben, daß mein Vater voll-

124

ständig arm ist und daß wir überhaupt kein Geld haben. Mein Vater wurde wütend darüber, weil das niemand wissen sollte, aber ich mußte doch an die Gefahren denken. Die Journalisten schrieben dann auch auf, was ich sagte. »How do you like America?« fragten sie. Ich habe gleich gesagt, daß es mir gut gefalle, denn ich war wirklich froh, daß wir endlich angekommen waren. Die amerikanischen Häuser und Möwen hatten vom Schiff aus schön ausgesehen.

Mein Vater brummte auf englisch und wurde nicht richtig verstanden. In höchster Eile hat man ihn tausend Dinge gefragt. Zuletzt wurde er ungeduldig und bekam gehässige Augen.

Ich kenne das, man muß ihn dann in Ruhe lassen. Er wollte ja nun auch endlich wirklich mal Amerika sehen und in ein Hotel. Einen Sherry konnte er auch nicht mehr bekommen, weil wir überhaupt kein Geld mehr hatten. »Was ist Ihr Lieblingsbuch?« fragten die Männer.

»Ein Scheckbuch.«

»Was ist Ihr Lieblingssport?«

»Amoklaufen«, sagte mein Vater und lief wirklich fort. Zuletzt in Europa hatten wir immer über Amerika gesprochen und auch viele Bilder davon gesehen, aber ich fand es in Wirklichkeit vollkommen anders, als wir es uns vorgestellt hatten. Eigentlich ist Europa viel amerikanischer, denn dort geht alles viel eiliger zu.

Als der Zollbeamte in Hoboken unsere Koffer auspackte, fand er ein Buch von meinem Vater, und weil er so gern las, setzte er sich gemütlich auf den Boden und fing an zu lesen. Mein Vater schenkte ihm das Buch, weil wir nicht warten wollten, bis er es ausgelesen hatte.

Am Abend war ich in einer kommunistischen Versammlung. Dort ging ich verloren.

Die Freunde meines Vaters hatten ihn nicht abgeholt, so mußten wir ohne Geld in ein Hotel fahren, gleich in der Nähe vom Broadway, der mir lieber ist als alle Straßen der Welt. Denn da gibt es ein riesenhaftes Gebäude, in dem Hunderte von Spielautomaten stehen, für einen Cent kann man mit so einem Automaten spielen. Man kann Kugeln abrollen lassen, so daß kleine elektrische Lichter entstehen oder erleuchtete Bilder. Und draußen im Schaufenster wimmeln kleine Schildkröten herum, mit rot und grün und blau gelackten Schildern, auf denen Blümchen gemalt sind.

Ich habe nie geahnt, daß man aus einer Schildkröte eine solche Pracht herstellen kann, und es schadet ihrer Gesundheit auch nicht.

Ich habe es sofort meiner Mutter geschrieben, weil meine Schildkröten bei ihr geblieben sind, aber sie darf sie nicht färben, ich will es selbst tun, wenn ich zurückkomme.

Meine arme Mutter konnte nämlich nicht mehr nach Amerika kommen, weil sie die Schiffskarte verkaufen mußte, um davon zu leben.

Also am ersten Abend ging ich in einer kommunistischen Versammlung verloren, aber es war nicht so schlimm, und später habe ich mich überhaupt in New York besser zurechtgefunden als in anderen Städten.

Wir waren in einem sehr großen und interessanten Hotel, das hatte ein Schwimmbad und unten einen Drugstore – einen Laden, in dem man sitzen und alle Eisgetränke trinken und gleichzeitig alles kaufen kann.

In unserem Zimmer war Radio und ein Eisschrank und ein schnurrender Ventilator.

Mein Vater telefonierte stundenlang. Danach brach er fast zusammen.

Erst verstand die Telefonzentrale nie die Nummer, die er haben wollte, und später verstanden die Leute ihn nicht, er hatte dann zehn Verabredungen. Von keiner wußte er richtig, wann und wo. Amerika wuchs ihm über den Kopf.

Er schlief angezogen auf dem Bett ein, ich schlief auf dem Sessel ein, es war ziemlich heiß. Wir wachten beide davon auf, daß ein dicker freundlicher Mann Koffer auspackte und Lampen aufstellte. Er war Photograph und sollte uns für eine Zeitschrift photographieren.

Durch diese ekelhaften hellen Photographenlampen wurde entdeckt, daß ich mich längere Zeit zuwenig gewaschen hatte. Wir hatten ein Badezimmer, da wurde ich sofort hineingeschickt.

Ich wäre lieber runter in das Schwimmbad gegangen. Ich konnte auch eigentlich nichts für den Schmutz, weil ich auf dem Schiff zuletzt mit ein paar Heizern befreundet war.

Meinem Vater gelang es, Whisky aufs Zimmer zu bestellen, dort unterhielt er sich mit dem Photographen, beide verstanden einander nicht, aber die Unterhaltung ging doch sehr gut. Beide tranken immer zu gleicher Zeit einen Schluck Whisky und lächelten sich an. Wenn der eine aufhörte zu sprechen, fing der andere an. Schließlich telefonierte der Photograph für meinen Vater. Er brachte eine Verabredung in Ordnung und sagte viel durcheinander. Ich mußte alles aufschreiben, und später hieß es, ich habe alles falsch aufgeschrieben. Mein Vater ist fortgegangen und hat Leute getroffen, aber ganz andere Leute, als er gesucht hatte.

Er hat auch einen deutschen Kellner getroffen, der ihm dazu verholfen hat, ein altes Auto zu leihen, und in einem französischen Restaurant hätte er beinahe die Wirtin geheiratet.

Ich wußte schon vorher durch Herrn Krabbe, daß ich in Amerika sehr auf meinen Vater achten muß, daß er nicht auf einmal heiratet, denn das geht in Amerika so schnell und ohne Schwierigkeit, daß ein Mann in aller Eile fünfmal am Tag heiraten kann oder noch mehr.

Obwohl es so leicht ist, ist es aber verboten und wird bestraft. Es wäre besser, wenn alles Verbotene schwer wäre, besonders für Leute, die in einem fremden Land noch nicht wissen, was alles erlaubt und was nicht erlaubt ist.

In Italien kannten wir mal einen Mann, der zweihundert Lire zahlen mußte, weil er auf der Straße ein bekanntes Mädchen geküßt hatte.

Ich hatte danach immer Angst, wenn meine Großmutter mir irgendwo im Freien einen Kuß geben wollte. Sie war böse darüber und fand mich lieblos. Aber zweihundert Lire waren sehr viel Geld für uns.

An dem Auto, das mein Vater in Amerika geliehen hat, sind wir fast zugrunde gegangen, weil er sehr schön fuhr, aber immer auf verbotene Art.

Mein Vater konnte mich am ersten Abend nicht gebrauchen. Ich wollte aber noch nicht schlafen, darum wurde ich dem Photographen überlassen.

Meinem Vater war es auch lieber, daß ich nicht allein blieb, denn er hatte gehört, daß mal in dem Zimmer über uns ein Gangster erschossen worden war. Wahrscheinlich hatte der auch Kinder gestohlen. Ich hatte aber keine Angst mehr, nachdem ich Amerika und die Amerikaner gesehen hatte.

Der Photograph mußte Aufnahmen von einer kommunistischen Versammlung machen und nahm mich mit. Vorher suchte er noch in meinem Koffer nach heilen Strümpfen. Als er keine fand, durfte ich meine etwas zerrissenen Strümpfe ausziehen und ohne Strümpfe gehen. Das ist mir auch immer am liebsten. In solchen Dingen sind Männer viel netter und vernünftiger als Frauen. Ich bin überhaupt viel lieber mit Männern zusammen, ältere Damen sind immer gefährlicher für ein Kind.

Ich habe Frauen kennengelernt in Amerika, die wollten, daß ich aussehen solle wie Shirley Temple und immer saubere Fingernägel habe. Dabei kann ich gar nicht so schön aussehen wie die kleinen Mädchen im Film. Außerdem werden meine Fingernägel immer ganz von selbst schmutzig, ich mache das nicht mit Absicht, oder weil ich ungezogen bin.

Bevor wir fortgingen, habe ich die Anzüge meines Vaters ausgepackt und in den Schrank gehängt, weil meine Mutter das auch immer tat. Der Photograph hat mir dabei geholfen und drei alte Hammelkoteletts und eine Leber im Koffer gefunden, die ich ganz vergessen hatte.

Ich hatte die Hammelkoteletts sowie die gebratene Leber auf dem Schiff gesammelt und heimlich in den Koffer getan, um sie später aus New York meiner Mutter zu schicken. Die ißt das so gern.

Aber das ganze Fleisch sah nicht mehr schön aus und roch auch etwas unangenehm. Der Photograph warf alles aus dem Fenster. Das war auch gut so. Die beste helle Hose von meinem Vater hatte einen Fettfleck, aber Gott sei Dank hinten. Solche Flecken sehen immer nur die anderen Leute, man selbst sieht sie nicht und braucht sich darum nicht zu ärgern und zu schämen.

Der Photograph fuhr mit mir den Lift runter, sausend durch tausend Stockwerke, es ist so schön in Amerika. Die Hammelkoteletts waren vielleicht noch nicht auf der Erde angekommen, so hoch wohnten wir.

Wir gingen vor der Versammlung zu einem Stand, wo ich auf einem hohen Stuhl vor einer Theke sitzen konnte und Saft aus gepreßter Ananas trinken und soviel buntes Eis essen, wie ich wollte.

Auf dem Schiff hätte ich das auch tun können, aber ich habe es leider erst zu spät erfahren.

Wir sind dann in einem Auto erst in den Central Park gefahren. Er ist so wunderbar, so groß, man darf über den Rasen laufen und kleine graue Eichhörnchen füttern. Aber die Eichhörnchen haben an dem Abend schon geschlafen in hohen dunklen Bäumen. Ich sah die Häuser wie riesige Schlösser in den Himmel wachsen, der dunkelblau war hinter einem Schleier von rotem heißem Licht. So viel Licht sprudelte aus den Wolkenkratzern, daß ich am liebsten eine leere Mineralwasserflasche genommen hätte und Lichtperlen hineingefüllt, um sie meiner Mutter später nach Amsterdam zu bringen.

Die kommunistische Versammlung war in einem Saal, so groß wie hundert Theater zusammen. Manchmal war es langweilig und manchmal wie Karneval. Luftschlangen wurden geworfen, Menschen saßen in Staub und Rauch, Neger waren auch da, ich durfte neben einem sitzen. Er hat mir ein Kaugummi geschenkt.

Eine Tribüne war mit Fahnen überdeckt, Fahnen ragten in die rauchige Luft, manchmal sprach ein Mann, manchmal eine Frau – ihre Stimmen tönten weithin schallend durch Trichter. Menschen klatschten und schrien, Photographen rasten hin und her, manchmal blitzte weißes Licht.

Einmal durfte ich mit dem Photographen draußen an einem Büfett Würstchen essen und eine Tasse Kaffee trinken, später bin ich müde geworden. Ich bin rausgegangen an die Luft.

Draußen standen viele Schutzmänner.

Ich ging spazieren, und weil es dunkel war, konnte ich mich auf einmal nicht mehr zurechtfinden. Sehr lange Zeit habe ich die kommunistische Versammlung gesucht und nicht gefunden, dann habe ich unser Hotel gesucht und auch nicht gefunden. Vor lauter Müdigkeit habe ich vergessen, den Kaugummi von dem Neger aus meinem Mund zu nehmen. Vom Kauen bin ich noch müder geworden.

Geweint habe ich nicht, und Angst hatte ich auch nicht, manchmal dachte ich, ich sei noch auf dem Schiff, das unter mir schaukelte und stampfte. Die Luft roch nach Meer.

Am Meer blüht kein Flieder, es war warmer Mai. Ich wollte an Gärten mit Flieder denken und darin einschlafen.

Meine Mutter wollte im Mai immer Flieder haben, sie hat mir von kleinen roten Dörfern erzählt, die eingehüllt waren von blühenden Fliederbüschen in Weiß und Violett. Jede einzelne Blüte küßte die Menschen mit ihrem Duft, daß sie betäubt und gut wurden und andere Menschen küssen wollten. Rotdornbäume umblühten die Dörfer wie fröhliche flache Dächer aus Grün und Rot. Die Wiesen hatten weiches grünes Haar, das mit goldenen Butterblumen geschmückt war. Glitzernde Bäche flüsterten die Geheimnisse der Wiesen, und eine sanfte Luft schuf aus der Nacht ein weiches Bett.

So erzählte meine Mutter. Wann werde ich das sehen?

Ich ging über eine schöne große Straße aus Stein, die Häuser wurden immer größer und sahen aus, als hätten Riesenkinder mit einem riesenhaften Baukasten gespielt und als würden die Häuser alle gleich zusammenfallen, wenn man noch einen Bauklotz drauflegte.

Ich habe früher oft so gespielt und hatte drei Baukästen. Das Aufbauen war immer schön. Aber wenn alles zusammengefallen war, mußte ich alles aufräumen. Niemals würde ich New York aufräumen können, wenn es jetzt zusammenfiele – ich war zu müde.

Wunderbare Blumengeschäfte habe ich gesehen, und manche Blumen sahen fast aus wie Flieder, vielleicht waren sie wirklich Flieder. Ich konnte leider durch die Glasscheiben nicht hindurchriechen. Aber Frauen gingen an mir vorbei mit wehendem Duft, und ich habe schnell etwas gezaubert: ich habe alle fliederartigen Blumen im Schaufenster angesehen und gleichzeitig den wehenden Duft der gehenden Frauen gerochen – da hatte ich auf einmal Flieder und Mai und meine Mutter. Ich habe sie geküßt, indem ich das Schaufenster küßte.

Dabei fiel mir das eklige Kaugummi auf, das ich noch im Mund hatte. Ich habe es endlich rausgenommen und an die Scheibe geklebt.

Leider wußte ich nicht mehr, wo ich wohnte, ich wußte kaum noch, wie ich hieß. Darunter konnte ich kein Auto anhalten und es bitten, mich nach Hause zu fahren. Früher hatte ich so was schon mal getan.

Ich wollte ein Vogel aus Flieder werden, und wurde es auch und schwebte zwischen den steinernen Riesenhäusern, meine Federn waren aus Flieder, ich sang und zwitscherte Lieder eines Vogels. Das hat sich so schön angehört, ich sang immer lauter. Einmal hob mich ein Schutzmann auf. Er verstand nicht, daß ich ein singender schwebender Vogel war. Er mochte mein Singen nicht.

Aber ich hatte ja gar nicht gesungen, der Fliedervogel hatte gesungen und geduftet.

Ich war nicht mehr da, als der Schutzmann mich aufhob, aber wie ich dann wieder da war, konnte ich ihm meinen Vater und unser Hotel beschreiben. Er hat mich an der Hand geführt später. Er war gut zu mir.

Und weil wir gerade daran vorbeikamen, hat er mir das Empire State Building gezeigt, das höchste Haus von New York. Wir standen davor. Ich konnte von unten aus nicht sehen, wo es oben zu Ende war.

Später war ich mal oben, da konnte ich alles sehen. Jetzt verstehe ich, daß viele Menschen immer davon sprechen, daß sie ›oben‹ sein wollen, man sieht ja viel mehr, wenn man oben ist.

Der Schutzmann fragte mich auch gleich: »how do you like America?«

»Ja«, habe ich gesagt, und ehe ich einschlief, trug er mich wieder. Und er hat mir freundlich verboten, noch einmal in New York zu singen.

Ich konnte ihm erklären, daß ich nicht für Geld singen wollte und nichts dafür konnte, daß es sich so abscheulich anhörte. Aber wie sollte ich denn erklären, daß etwas anderes gesungen hatte als ich. Warum fand ich es denn so schön? Warum fanden denn alle anderen es so häßlich? Jetzt singe ich nie mehr.

Ich wurde ins Hotel gesetzt, mein Vater war noch nicht da. Ich wurde in den Lift gestellt, und alle Männer nahmen den Hut ab. Die Hoteldirektion öffnete mir das Zimmer mit einem kleinen Schlüssel, der wie ein Stern aussah.

Auf dem Bett, das noch eine zugedeckte Couch war, lagen meine zerrissenen Strümpfe – ich legte mich auf sie und schlief ein, denn ich wußte ja nun durch die zerrissenen Strümpfe, daß ich zu Hause war.

Ich habe meinen Vater wenig gesehen in New York. Er raste umher, wie kein Amerikaner rast.

Mein Vater wollte Geschäfte machen, die nicht gelangen. Er bekam einmal Geld von einem kleinen Mann, der Herr Lief heißt und Agent ist.

Was nützte das schon? Mein Vater gab mir die Cents, die konnte ich in den Slotmaschinen verspielen, in diesen tausend Spielautomaten Amerikas, die ein Wunder sind.

Die Dollars gab mein Vater armen Emigranten, die so arm waren, daß sie mit zehn Dollars etwas anzufangen wußten.

Ich glaube manchmal: auch mit Millionen Dollars wäre mein Vater nicht reich, aber dafür ist er auch nicht arm, wenn er keinen einzigen Cent besitzt.

Er hat einmal gesagt: Geld läuft jungen Männern davon, schöne Frauen laufen alten Männern davon, manchen Männern läuft gleichzeitig beides davon – dann bringen sie sich um oder werden glücklich und weise. Was ihnen bleibt, sind Kinder und Hunde.

Mit dem alten Auto fuhr mein Vater sich und mich durch Amerika.

Nur reiche Leute fahren in Amerika mit der Eisenbahn, die Armen fahren mit dem Auto.

In New York waren keine Geschäfte zu machen gewesen, wir waren in höchster Not. Der amerikanische Verleger ging mal mit uns essen im Rockefeller Center und verlor dann das Interesse an uns und verreiste. Auch die übrigen Leute, die wir hätten brauchen können, fuhren fort, um zu angeln.

Mein Vater würgte morgens vor dem Waschbecken, das tut er meistens, wenn die Zeiten mal wieder besonders aufregend sind. Ich brauche da schon gar nicht mehr zu fragen.

Gott sei Dank fiel meinem Vater ein ausgewanderter Jugendfreund ein, den er aber als Kind nicht leiden konnte, weil er so dumm war.

Die Dummheit hatte aber etwas nachgelassen.

Dieser Mann wohnte weit fort in Virginia, wo er einen besseren Kleiderladen hatte. Er verdiente viel Geld.

Mein Vater rief ihn auf Kosten des Hotels an. Durch den Telefonanruf dachte der Mann, wir seien ungeheuer reich, und lud uns in sein Cottage in Virginia Beach ein.

Ich habe geweint, weil ich gar keine Ahnung hatte, wie wir noch mal nach Europa zu meiner Mutter kommen sollten.

Sie schrieb auch schon wieder vom Krieg.

In Virginia sprachen sie auch dauernd vom Krieg, aber wenigstens nicht von einem, der kommen würde, sondern von einem, der schon fünfzig oder hundert oder zweihundert Jahre her war und Civil War hieß.

Unter Europa konnten sie sich alle nicht viel vorstellen. Manche hielten Dänemark für eine Hafenstadt in Frankreich und Marseille für einen spanischen Fluß.

Dafür wissen wir aber auch fast gar nichts von Amerika. Einmal bin ich auf die Spitze des Empire State Building gereist und habe von oben das ganze riesenhafte New York gesehen bis weit zum Meer.

Ich dachte, damit sei nun Amerika zu Ende.

Aber da fing es erst an.

Mein Vater hatte dem Jugendfreund etwas von ausgebliebenen Überweisungen aus Europa erzählt.

Das einzige europäische Geld, das die Amerikaner nicht verachten, sind englische Pfunde.

Darum hatte mein Vater auch davon gesprochen. Danach schickte der Jugendfreund Dollars. So konnten wir das Hotel bezahlen.

Geld für die Eisenbahn hatten wir nicht, wohl aber das alte Auto.

Ehe wir aus New York raus waren, waren wir schon siebenmal bestraft und hatten eine Mineralwasserbude umgefahren.

Mein Vater konnte die Polizisten nicht mehr leiden, die Polizisten konnten meinen Vater auch nicht leiden.

Sobald wir aus den Städten raus waren, fuhren wir meistens ungestraft.

Wir hatten wohl die Schiffskarten, um zurück nach Europa zu reisen, aber unser Schiff fuhr erst in drei Wochen, und mein Vater wollte die Rückkehr des Verlegers und den Bescheid über einen Filmentwurf abwarten. So lange mußten wir irgendwo untergebracht sein.

Wir fuhren drei Tage. Nachts schliefen wir teils im Auto, teils im Freien; einmal am Ufer des Delaware River, der so groß ist, daß ich ihn gar nicht für einen Fluß halten konnte.

Später habe ich noch mehr solche Flüsse gesehen, in denen nebeneinander mehrere schöne wilde grüne Inseln schwammen. So riesenhaft groß ist alles in Amerika, daß das ganze Europa mir so klein vorkam wie meine Puppenküche. Daß die Häuser so groß sind, fällt gar nicht so auf, weil sie so weit voneinander gebaut sind zwischen soviel Gärten und grünen Plätzen und weil das ganze Land riesenhaft ist.

So ist alles dort. Die Flüsse sind breit wie Meere, die Wälder wild und unendlich wie die Wälder aus den Indianergeschichten, die Landstraßen sind endlos. Die Hitze ist so glühend, daß einem durch dünne Schuhsohlen hindurch die Füße verbrennen. Wenn es regnet, stürzt ein Meer vom Himmel, die Autos schwimmen über die Landstraßen wie Motorboote, in den Straßen der Städte kann man ertrinken.

Ich bin einmal in Norfolk mit drei Negerkindern von einer Straßenseite zur anderen geschwommen.

In Ostende habe ich einmal eine Muschel von der Größe einer Streichholzschachtel gefunden und als Seltenheit an Größe aufgehoben. In Virginia fand ich an der Beach Muscheln so groß wie meines Vaters Schuhe.

Ich war wahnsinnig aufgeregt. Zuerst konnte ich es gar nicht glauben, sondern dachte, die Amerikaner hä ten diese Riesenmuscheln künstlich hergestellt und zur Reklame da hingelegt. Aber es waren echte Muscheln aus dem Meer.

Übrigens gab es in Nizza und Bordighera überhaupt keine Muscheln. Nur die weißen Steine.

Wenn wir rasend gefahren wären, hätten wir an einem Tag in Virginia Beach bei dem Jugendfreund sein können. Wir fuhren auch oft rasend, aber meistens falsch.

Manchmal blieb das Auto auch einfach stehen, weil etwas dran kaputt war. Dann konnten wir nichts weiter tun, als still im Wagen sitzen und warten, bis ein anderes Auto kam und uns half.

Mein Vater hat nämlich keine Ahnung, wie ein Auto zusammengesetzt ist. Er kann es auch nicht lernen, noch nicht einmal einen Füllfederhalter könnte er untersuchen

oder reparieren. Nur Uhren repariert er leidenschaftlich gern. Er stürzt auf jede Uhr, die er erreichen kann, obwohl es ihm von meiner Mutter verboten ist. Wir hatten schon soviel Ärger und Kosten durch dieses Reparieren, denn die Uhren sind danach für immer kaputt.
Manchmal tuckelten wir mit dem Auto von Tankstelle zu Tankstelle. Da waren die Leute immer so nett, nur die amerikanische Nationallimonade mochten wir beide nicht trinken, weil sie wie braunes, flüssiges Mottenpulver schmeckt. Die Amerikaner trinken sie ununterbrochen. Mein Vater interessiert sich überhaupt nicht für Limonaden, und darum fand er später sein Leben in Virginia auch besonders schwer.

Als wir nämlich den Jugendfreund in Norfolk abholten und mit ihm nach Virginia Beach fuhren, kehrten wir unterwegs müde, aber glücklich in ein Restaurant ein.
Wir waren ja gerettet.
Wir waren selig, daß wir diesen Mann endlich gefunden hatten. Wir liebten ihn, weil wir fast schon verloren gewesen waren, und weil er es wirklich war. Deshalb hörten wir gar nicht, was er sprach, und sahen nicht, wie er aussah. Wenn wir uns nicht so gefreut hätten, wären wir eingeschlafen.

Drei Tage hatten wir Amerika durchrast und keine Hoffnung mehr gehabt, noch einmal im Leben New York oder Europa oder Virginia mit dem Jugendfreund zu finden. Mir war es auch ganz egal, daß dem Jugendfreund Haare aus der Nase wuchsen und daß er wie ein kleiner Wurm war und eher kroch statt zu gehen.
Er erzählte, er habe eine gesellschaftliche Stellung unter echten Amerikanern erobert, wir hörten gar nicht hin.
Wir küßten ihn. Ich auch.
Mein Vater wollte gleichzeitig das Serviermädchen vor Freude küssen und eine Runde Whisky bestellen zur gemütlichen Aussprache und um Wiedersehen zu feiern, und ich sollte essen – immerzu essen, ganz egal, was.

Wir hatten ja tagelang fast gar nichts mehr essen und trinken können, und mein Vater war manchmal so durstig, daß er am liebsten unser letztes Benzin aus dem Auto getrunken hätte.

Und dann ging alles nicht!

Mein Vater wurde zuerst davon abgehalten, das Mädchen zu küssen. Dann sagte ihm der Jugendfreund, Whisky könne er nicht bekommen, da im Staate Virginia der Ausschank alkoholischer Getränke verboten sei.

»So«, sagte mein Vater und wurde blaß, »dazu mußte ich nach Amerika kommen, in so ein Land lädst du mich ein!« Dann wollte er überhaupt nichts mehr sprechen.

Mein Vater beruhigte sich etwas, als der Jugendfreund ihm sagte, daß er in Virginia Beach in manchen Lokalen Bier und Wein kriegen könne, kalifornischen Wein. Diesen kalifornischen Wein trank mein Vater später manchmal und haßte ihn so, daß er eigentlich lieber Haaröl trinken wollte.

Es gibt aber auch in jedem Ort einen Laden, in dem Alkohol verkauft wird, und der A.B.C.-Store heißt. Das tröstete meinen Vater, und er freute sich, als er hörte, daß wir in Virginia Beach ganz in der Nähe eines solchen Ladens wohnen würden.

Mein Vater erzählte dem Jugendfreund von den Cocktails in New York, er habe sie sämtlich probiert, sei dadurch um Jahre gealtert und durch und durch vergiftet – »Hier das Kind kann bezeugen, wie ich jeden Morgen würgend mit dem Tode gekämpft habe.«

Dann wollte sich der Jugendfreund mit meinem Vater an die Jugend erinnern, und jeder erzählte andere Erinnerungen, dabei stellte sich heraus, daß sie einander verwechselt hatten und gar nicht zusammen zur Schule gegangen waren, ja sich überhaupt nicht gekannt hatten. Mein Vater rief, nun sei seine Freude doppelt groß, und er lachte und sprach aufgeregt. Es gelang ihm mit der Zeit, sogar eine Art frühere Verwandtschaft zwischen sich und dem Jugendfreund zu entdecken. Nach einiger Zeit glaubten beide, sie seien doch Jugendfreunde gewesen.

Der Jugendfreund erzählte, daß es in diesem Lokal eine deutsche Grammophonplatte gebe, die er sich manchmal vorspielen lasse. Nun sollte mein Vater sie als Ersatz für den Whisky auch hören.

Ich habe einen großen Teller Reis mit Shrimps gegessen, das ist eine Art großer rosa Krabben, die aber nicht fischig, sondern nach nichts schmecken. Mit Tomatensoße zusammen bilden sie einen Cocktail, den mein Vater unzufrieden bestellte.

Er war ziemlich müde und kraftlos, aber er wollte den Jugendfreund dauernd aufmuntern. Der wußte ja noch gar nicht, daß wir überhaupt kein Geld hatten und auch keins aus Europa bekommen würden.

Der Jugendfreund klagte auch über eine Krise, daß die Geschäfte so schlecht gingen. Mein Vater konnte sich so was in Amerika gar nicht vorstellen und bedauerte es.

Der Jugendfreund beneidete meinen Vater, weil er so ein berühmter Schriftsteller geworden sei und soviel Geld und ein interessantes Leben haben müsse. Er war stolz auf meinen Vater und hatte allen Bekannten von ihm erzählt und auch ein Buch von ihm gelesen.

Das Buch war aber nicht von meinem Vater.

Dann spielte die Grammophonplatte, der Jugendfreund wiegte den Kopf und hatte feuchte Augen.

Ein Mann sang sanft und traurig: »Als ich dann nach Hause kam – stand sie da, die alte Hur'!«

Mein Vater sah erst etwas überrascht aus, aber dann sagte er: »Sehr hübsch, du hast recht, wirklich sehr hübsch, diese Art der Heimaterinnerung, ich kann das verstehen, ich persönlich entsinne mich einer alten Toilettenfrau, die – «

»Hör mal zu Ende«, sagte der Jugendfreund.

Die Grammophonstimme sang weinerlich weiter: »Und das traute Mütterlein lächelte zur alten Hur'...«

Danach war alles still.

»Verblüffend«, sagte mein Vater, »diese Mischung von Sentimentalität und Vorurteilslosigkeit – wirklich, alter Junge, hätte so was in Amerika gar nicht für möglich gehalten, ist wahrscheinlich nur in den Südstaaten möglich, wo ist die Platte hergestellt worden? Große Seltenheit, so eine Mutter, wenn ich an meine denke – ganz reizend von so einer braven Frau, einer alten Hure zuzulächeln.«

»Was meinst du?« fragte der Jugenfreund, »um Gottes willen sprich nicht so laut, am Nebentisch sitzen Bekannte mit ihren Frauen, einer von ihnen versteht Deutsch.«

»Interessant«, sagte mein Vater, »man lernt immer wieder Neues, jedes Land hat seine spezielle Art von Widersprüchen, mach mich nur immer auf alles aufmerksam, alter Junge. Hier also wird in einem bürgerlichen Lokal ungeniert das Lied von einer alten Hure gesungen, nur davon zu sprechen ist unschicklich.«

»Welches Lied meinst du denn?«

»Das eben gespielt wurde.«

»Wieso? Das Lied von der Uhr?«

»Uhr?« sagte mein Vater, »ein kleines Mißverständnis, muß vollkommen übermüdet sein. Was hast du übrigens verstanden, Kully?«

»Hur'.«

»Da hast du's, alter Junge – laß nur, das Kind weiß gar nicht, was das ist, außerdem schläft es fast ein. Wollen mal gehen, alter Junge, und sehen wo du uns hausen lassen willst. Halte es für besser, wenn du es übernimmst, hier immer zu bezahlen, als Fremder kennt man sich zuerst noch nicht so mit dem fremden Geld und den üblichen Trinkgeldern aus. Du sprachst vorhin von einem A.B.C.-Store, würde mich interessieren, den Laden mal zu sehen, als Schriftsteller interessiert man sich für alles. Wir könnten gleich mal vorbeifahren.«

Virginia Beach war sehr schön, der Strand so weit und endlos. Überall grüner Rasen zwischen den schönen kleinen Häusern. Wir wohnten in einem Cottage am Wald, der auch endlos war und wild wucherte. Alle Menschen waren fröhlich und braun und liefen nur in Badeanzügen herum. Es wurde so heiß, daß man sich kaum bewegen konnte.

Sogar mein Vater lag starr und stumm stundenlang mit dem Jugendfreund im Wasser.

Unerhört interessante Tiere waren am Strand.

Aus kleinen Sandlöchern tauchten plötzlich unheimliche schwarze Augen auf. Das dazugehörige Tier kam hinterher raus und huschte auf hohen Beinen in rasender Eile über den Strand. Dann verschwand es in einem anderen Loch, nie konnte ich eins fangen.

Zur Hälfte sehen sie aus wie riesige Spinnen und zur Hälfte wie Taschenkrebse.

Ich hätte sehr gern gesehen, wie die Tiere die Löcher graben, und ob sie das von außen tun oder von innen.

Mein Vater konnte die Tiere nicht leiden. Er mißtraute ihnen und glaubte, sie würden nur hinterlistig die Löcher benutzen, die andere Tiere gegraben hatten.

Einmal habe ich im Wald eine Klapperschlange gesehen und durfte nicht nah rangehen.

Schlangen interessieren mich.

Eine Schlange ist ein Verbrecher und hat, wie es in der Bibel steht, gleich im Anfang Unheil angerichtet. Zur Strafe mußte sie auf dem Bauch kriechen.

Aber sie hatte auch vorher keine Beine.

Ich habe soviel Bilder gesehen von Adam und Eva und der Schlange. Sämtliche Schlangen waren vor der Bestrafung genau solche Schlangen wie hinterher, sie flogen nie und liefen nie.

Einmal sah ich ein großes, wildes Feld voll von blühenden Kamelien – in dunklem Grün lagen die Blüten wie kalte, schneeweiße Sterne, die weißesten Blumen der Welt.

In Europa kosten sie soviel Geld, und hier wuchsen sie in ungeheuren Mengen.

Auch herrliche Seerosen gab es, die von Kindern verkauft, verschenkt und fortgeworfen wurden.

Große und kleine Schildkröten schwammen in den Bächen am Wald und liefen herum.

Ich hatte zuletzt alles in allem siebzehn Schildkröten, die in dem Cottage ziemlich viel Schmutz machten.

Ich habe genau beobachtet, wieviel sie aßen, und nie verstehen können, wie es kam, daß sie zehnmal mehr von sich gaben, als sie gegessen und getrunken hatten. Es war, als wenn die Nahrung sich heimlich in ihrem Bauch vermehrte.

Der Jugendfreund gewöhnte sich zum Teil an uns, zum Teil wollte er uns los sein, um zu heiraten.

Solange wir in dem Cottage waren, war kein Platz für die Frau da.

Wenn meine Mutter die Wohnung hätte sehen können, wäre sie vor Glück ohnmächtig geworden.

Und alle Wohnungen, die ich dort sah, waren so schön, am schönsten die Küchen mit den elektrischen Eisschränken, in denen man den ganzen Tag Eis machen konnte.

Jeden Morgen kam Toxy, ein wunderschönes Negermädchen, mit dem habe ich die Zimmer aufgeräumt und gekocht.

Manchmal vergaß Toxy zu kommen, oder sie hatte etwas Geld, dann arbeitete sie nicht.

Es sah dann etwas unordentlich im Haus aus, und der Jugendfreund genierte sich, wenn Besuch kam. Er hatte seinen Kleiderladen in Norfolk, fuhr jeden Morgen hin und kam abends zurück, mit dem Auto war das eine halbe Stunde. So wie die Leute in Holland und Dänemark alle Fahrräder haben, haben die Leute in Amerika alle Autos, das ist gar nichts Besonderes.

Es gibt aber auch ganz arme Leute, die überhaupt nichts haben.

Mein Vater hatte die Hitze und das Strandleben furchtbar satt. Er wußte überhaupt nicht mehr, was er den ganzen Tag ohne Geld anfangen sollte, in irgendeinem Lokal konnte er fast nicht mehr sitzen. In dem A.B.C.-Store freundete er sich mit einem Verkäufer an. So bekam er Kredit und konnte manchmal eine Flasche Gin kaufen.

Abends mußte er immer mit dem Jugendfreund stundenlang auf der Veranda sitzen, die von Glühwürmchen umschwirrt war, obwohl er nicht mehr wußte, was er mit dem Jugendfreund noch sprechen sollte.

Am interessantesten waren ihm noch die lustigen Neger, die auf der Straße den Leuten die Schuhe putzten. Tagsüber hielt er sich oft bei ihnen auf.

Als ich zum erstenmal in Belgien einen Neger sah, bin ich stundenlang hinterhergelaufen. In Amerika habe ich so viele Neger gesehen, daß ich gar nicht mehr hinguckte. Aber zuerst war ich sehr aufgeregt und wollte am liebsten alle anfassen.

Daß es Kinder gibt, die auch schon Neger sind, hatte ich gar nicht gewußt.

Wir sind durch viele Städte gefahren, die meisten Städte waren schön und so wie Kurorte in Deutschland oder Österreich, nur viel größer. Alle Städte haben ein Coloured-Viertel, wo die Neger unter sich wohnen.

Sie wimmelten immer auf der Straße, ich habe nie gesehen, daß sie in ihren Häusern waren. Furchtbar viel Lärm machen sie. Wenn sie Musik hören, fangen sie an zu tanzen – auf der Straße, im Laden, im Drugstore –, wo sie gerade sind.

Abends sind sie betrunken, am meisten sonntags.

Wenn sie Autos haben, verunglücken sie damit Sonntag abends, weil sie wie wild daherrasen und zusammenstoßen.

Einmal war ich in einem Negerhaus bei Norfolk. Das war schrecklich.

Der lustige schwarze Schuhputzer war eines Tages ganz traurig, weil seine Frau gestorben war. Sie mußte von einem Negerbeerdigungsinstitut begraben werden.

Der Schuhputzer hatte nicht genug Geld, weil er seinem Bruder was geliehen hatte, der es erst in vier Tagen zurückbringen wollte.

Mein Vater konnte das Elend nicht mit ansehen und lieh dem Neger das Geld, das er gerade von dem Jugendfreund geliehen hatte.

Die Frau wurde dann doch begraben.

Nach vier Tagen mußten wir nach Norfolk fahren, weil wir da eingeladen waren.

Unterwegs sahen wir den Neger nach Hause wandern, und er sagte, zu Hause warte sein Bruder mit dem Geld, und da könnte er es meinem Vater zurückgeben.

Darüber freute sich mein Vater. Wir fuhren mit dem Neger zu seiner Wohnung.

Mein Vater wollte so eine Wohnung ganz gern mal von innen sehen, also gingen wir rein.

Der Neger öffnete eine Tür und fing an, furchtbar zu schreien. In einem Bett lag eine schwarze Frau ganz still und greulich.

Das war die tote Frau des Negers.

Sie war wirklich tot und kein Geist.

Der Neger hatte das geliehene Geld nicht dem Beerdigungsinstitut gegeben, sondern dafür Whisky gekauft, um sich zu trösten. Das Beerdigungsinstitut dachte nicht daran, umsonst zu arbeiten. Gearbeitet hat es dann doch umsonst. Und zwar doppelt.

Es hat die Frau wieder ausgegraben und wieder dahin gelegt, von wo es sie abgeholt hatte.

Wir mochten an dem Abend gar nichts essen, aber die amerikanischen Leute, bei denen wir eingeladen waren, fanden es nicht so schlimm. Sie fanden es nur falsch, einem Neger Geld zu leihen und zu ihm zu gehen.

Vor dem Essen wurden den Gästen große Becher gegeben, aus denen eine frische grüne Pfefferminzpflanze wuchert, in dem Becher ist Feuchtigkeit, die getrunken werden soll. Das ganze heißt Mint Julep und soll einen Cocktail bedeuten.

Mein Vater sagte, es sei zum Verzweifeln.

Statt eines anständigen Schnapses bekomme man einen Blumentopf vorgesetzt mit einer Flüssigkeit, die für die Pflanze drin vielleicht erfrischend sei, aber nicht für einen ausgewachsenen Mann. Außerdem schmecke es wie Zukkerwasser, das man allenfalls mal an einer Whiskyflasche zaghaft vorbeigetragen habe.

Der Jugendfreund fand den Mint Julep wunderbar und sehr stark.

Abends fuhren wir nach Ocean View, wo uns am Meer die

Stelle gezeigt wurde, wo die ersten Engländer in Amerika gelandet sind.

Es war Meeresleuchten, das Meer leuchtete grün und golden, wir wateten auf einen sandigen Hügel und konnten nicht viel sehen. Die Amerikaner waren sehr gerührt. Mein Vater seufzte, weil die Engländer ohne Visum hatten landen können.

Das Elend wurde groß, der Jugendfreund wollte uns nicht mehr.

Keine Unternehmung meines Vaters gelang, nie kam eine Nachricht, nur einmal eine von dem befreundeten Kellner, daß unser geliehenes Auto längst wieder hätte abgeliefert sein müssen. Ich konnte nie richtig erfahren, wem dieses Auto eigentlich gehörte, auf jeden Fall jemand, der jetzt gefährlich wurde, weil er es nicht wiederbekam.

Wo sollten wir schlafen? Wo sollten wir essen? Mein Vater schickte Telegramme nach Europa, die schrecklich teuer waren und gar nicht halfen. Immer wieder dachte mein Vater an die furchtbar reichen Leute in Holland, die wir kennen und mit denen wir auch etwas verwandt sind. Aber sie können uns nicht leiden, wir sie übrigens auch nicht. Niemals würden sie uns was geben. Warum sollten sie auch?

Da fiel meinem Vater in höchster Verzweiflung etwas ein, und er ließ sich sterben. Er telegrafierte an die reichen holländischen Leute im Namen des Jugendfreundes, daß er gestorben sei und um Begräbniskosten und Überfahrt für das Kind, für mich, bitte. Mein Vater sagte, aus Freude über seinen Tod würden die Leute was schicken, schon um vor der Welt edelmütig zu wirken.

Von dem Geld, das kam, hätten wir kaum begraben werden können, aber wir kamen wenigstens bis New York. Ich badete zum letzten Male in Virginia Beach, mein Vater nahm Abschied von dem Chinesen, der manchmal unsere Hemden gewaschen hatte, aber nur die Hemden von meinem Vater und dem Jugendfreund. Ich lief ja immer nur im Badeanzug herum.

Ich bin ein letztes Mal den Strand entlanggelaufen, weiter, immer weiter, die spinnenhaften Krabben tanzten über den Sand durch die Sonne, der Sand glühte.
Ich sah eine tote Riesenschildkröte am Wasser liegen, die weithin stank, und ich sah tote glitzernde Fische.
Eine stille dunkle Menge näherte sich dem Meer, ich erkannte die Nonnen vom Saint-Paul's-Hospital, sie zogen sich aus, um in Glut und Einsamkeit zu baden.
Ich wunderte mich, denn ich hatte immer gedacht, daß die Körper der Nonnen aus Hauben und geistlichen Gewändern bestehen.
Ich fand an einer einsamen Stelle am Meer eine Flasche Gordons Gin, die mein Vater einmal abends aus dem Auto geworfen hatte, vielleicht war sie auch nicht von meinem Vater. Aber es war die Stelle am Meer, wo wir abends mal mit dem Jugendfreund parkten, weil Sonntag war und die Mädchen und Jungen Gin tranken und die waldigen Straßen füllten mit Lachen, Gesang und Lärm.
Denn sie waren aus der Stadt gekommen, um Ruhe zu suchen.
Mein Vater hatte Ruhe vor ihnen gesucht und uns mit dem Auto ans Meer gefahren, wo die Dünen ein breites Bett sind. Es kamen noch mehr Autos wie still schwirrende Käfer, eins nach dem andern, sie hielten vor uns, hinter uns, neben uns. Sie hupten nicht, man hörte sie nicht.
Sie kamen schweigend und blieben und fuhren schweigend wieder fort, und schweigend kamen neue Autos. Es war eine Autoausstellung, die aber nicht erleuchtet war, darum konnte man wenig sehen. Ich habe aber doch etwas gesehen, weil ich heimlich an den Autos vorbeigeschlichen bin.
In jedem Auto verwickelte sich ein Mann mit einem Mädchen. Mein Vater trank Gin und sagte später: »Das ist die Liebe in Amerika.« Und ich hatte gedacht, sie wollten einander aus Wut umbringen. Einmal stieg ein nackter, älterer Mann aus einem Auto, ohne baden zu wollen. Er löschte nur die Scheinwerfer seines Autos.
Tagsüber badeten nun an dieser einsamen Stelle die Non-

nen. Ich kenne sie, denn ich war einmal drei Tage in ihrem Krankenhaus. Sie waren sehr gut zu mir. Ich wollte ihnen aus Europa täglich schreiben, sie wollten mich wiederhaben, und sie haben mich zum Abschied in ihrer kleinen Kapelle des Krankenhauses gesegnet.

Ich war in dem Hospital, weil ich mich aus Versehen im Wald auf eine sehr interessante und giftige Schlingpflanze gesetzt hatte. Davon bekam ich Ausschlag und Fieber.

Als ich schon wieder beinahe gesund war, durchwanderte ich das Krankenhaus. Ich wanderte einem langsamen, sanften Gesang entgegen. Ich sah einen Krankensaal, in dem lagen nur kranke Negerfrauen, die sangen langsam und so, als solle die Welt froh sein und einschlafen. Neben ihren Betten saßen ruhige Negermänner. Die drehten ihre Augen im Gesang der kranken Frauen.

Eine Schwester erzählte meinem Vater, daß fast alle diese sanften Männer ihre Frauen vorher aus dem Fenster geworfen hätten, weil sie sich gestritten hatten. Darum waren die Frauen im Krankenhaus und freuten sich singend, daß sie im Bett lagen und nicht tot waren, und die Männer freuten sich auch. Alle waren glücklich.

Ich habe später mit meinem Vater überlegt, ob wir die giftigen Schlingpflanzen sammeln und in unsere Koffer packen sollten, damit die bösen Zollbeamten sie anfassen. Wir haben es aber nicht getan, weil es auch hier und da gute Zollbeamte gibt, auf die man Rücksicht nehmen soll.

Wir sind über Washington zurückgefahren, weil dort ein Jugendfreund des Jugendfreundes wohnte. Unser Jugendfreund liebte uns wieder, nachdem er uns endgültig loswurde. Er war meinem Vater dankbar, daß der ihn abgehalten hatte, vorschnell zu heiraten.

Washington war keine Stadt, sondern eine Torte aus Zukker und weißem Schaum.

Wir durften bei dem Jugendfreund des Jugendfreundes schlafen. Sein Haar war weiß wie sein Haus und das Haus des Präsidenten.

Früher war er Richter gewesen, aber das nur nebenbei. Er hatte sein Leben einem riesigen Schlachtschiff gewidmet, das er selbst aus Knöpfen hergestellt und gebaut hatte. Er hatte zu der Herstellung dieses Schiffes keine Knöpfe kaufen dürfen, er hatte sie alle verlieren oder finden müssen. Er hatte Asien durchreist, Amerika und alle Promenaden der Welt nach Knöpfen abgesucht. Viele Jahre hat er gebraucht, um genug Knöpfe zu finden, und ich glaube auch, daß er gemogelt und sich selbst manchmal Knöpfe von seinem Anzug abgerissen hat. Denn man findet auf den reichen Straßen der Welt keine schönen Knöpfe, weil die Knöpfe der Reichen immer fest angenäht sind. Ich habe es dem Mann auch gesagt. Er wunderte sich über mich, aber er sagte, die meisten Knöpfe habe er in Gegenden gefunden, in die er ungern gegangen sei.

Das Schlachtschiff aus Knöpfen stand in einem großen Zimmer aus hellgrünem Samt. Mein Vater und ich standen davor und sahen es neugierig an. Der weiße Mann ging traurig um uns herum. Er war stolz und müde. Er sprach und lächelte, als sei er bereits gestorben. Jetzt hat er keinen Lebensinhalt mehr, denn das Schiff ist fertig. Das sagte mein Vater.

In New York gelang es meinem Vater, Geschichten an eine Zeitung zu verkaufen. Danach hatte er wieder Lust zum Leben und mochte Amerika wieder leiden und glaubte an unsere Rettung.

Ich fuhr allein nach Europa, um meine Mutter zu holen, während mein Vater weiter in Amerika ein Leben für uns aufbauen und bald Geld schicken wollte.

Ich war so müde auf dem Schiff und hatte Halsschmerzen, keine Briefe konnten zu mir kommen.

Einmal nahm mich abends der Kapitän mit auf die Kommandobrücke, und ich stand hoch oben über dem Wasser. Ich habe meine Arme ausgestreckt und dachte, sie würden so lang werden, daß ich links Amerika mit meinem Vater und rechts Europa mit meiner Mutter anfassen könne. Jetzt waren wir zum erstenmal alle drei allein.

Wie würde mein Vater weiter in Amerika leben können? Mit wem würde er in höchster Not sprechen? Nirgends wird man ja von Menschen lange geliebt und ertragen, wenn es einem schlechtgeht. Und meine Mutter war vielleicht in Europa schon verhungert, ehe ich ankam, oder vor Alleinsein gestorben.

Jetzt sind wir ja alle wieder zusammen in Amsterdam, und einmal werden wir auch wieder zusammen woanders sein. »Hast du nie Heimweh?« fragte mich ein alter Mann, und ich wußte zuerst nicht, was er meinte.
Er hat es mir erklärt.
Manchmal habe ich Heimweh, aber immer nach einem anderen Land, das mir gerade einfällt.
Manchmal denke ich an die singenden Autobusse an der Côte d'Azur, an eine Wiese bei Salzburg, die ein blaues Meer von Schwertlilien war, an die Weihnachtsbäume bei meiner Großmutter, an die Slotmaschinen in New York, an die Riesenmuscheln in Virginia und die Strohschlitten und den Schnee in Polen.
Ich möchte aber nirgendshin, wenn meine Mutter nicht dabei ist.
Richtiges Heimweh habe ich eigentlich nie. Und wenn mein Vater bei uns ist, schon gar nicht.